Förlag: BoD – Books on Demand, Stockholm, Sverige
Tryck: BoD – Books on Demand, Norderstedt, Tyskland
ISBN: 978-91-7969-653-5

Hur lär man sig att sluta gå

Av
Maja Ekman Olin

Prolog

Vinden är ljummen när den sveper över mitt ansikte, fångar en grå hårslinga, tar den med sig och lämnar den retfullt framför ögonen innan den drar vidare. En pust av havsbris släntrar efter och förstärker intrycket av vyn jag har framför mig. Östersjön i dansande solglitter och skummande vågor som rullar upp mot stränderna, därefter tar åkrar och fält vid, omringade av vackra naturstensmurar. Det är en helt perfekt sommardag på denna fantastiska ö som jag med stolthet och ödmjukhet får kalla mitt hem, Gotland. Hur hamnade jag här?

En Orrheim/Ekman-produkt

1971 den 26 augusti föddes jag, en "Orrheim/Ekman-produkt" som det stod i födelseannonsen. Att hitta rätt namn var tydligen lite klurigt. Pappa tyckte bestämt det skulle vara som namnet på en ko, Flora, Milda, Rosa, Klara eller kanske... japp, Maja fick det bli. Nästa namn jag fick var Jessika men det vet ingen varifrån det kom. Mamma sade "vi tyckte väl det var fint" och ryckte lite på axlarna. Det blev ett tredje förnamn också, efter pappa så klart, Mikaelsdotter. Så där var jag plötsligt, Maja Jessika Mikaelsdotter Ekman. En liten tjej med stora, runda kinder, en mörk hårtofs mitt på huvudet och nyfiken blick.

Jag växte upp i en röd villa med vita knutar i Stockholmsförorten, Norra Ängby. En pittoresk småstadsmiljö med posten, kiosken, livsmedelsbutiken och pizzerian vid torget och 4H-gården i parkleken nedanför backen. I parken fanns också gungor av stora svarta gummidäck och rasslande kedjor att hålla sig i, sandlådor och en linbana. På vintern spolade de en isbana där man kunde åka skridskor vilket jag hemskt ogärna gjorde. Det var så bökigt att snöra på sig de stela skridskorna. Hur man än gjorde fick man alltid till den där vickande rörelsen vid vristen som kändes helt livsfarlig. Ramlade man satt man plötsligt på rumpan och frös och kompisarna susade roat förbi. Var man inte aktsam kunde ett finger ryka under en nyslipad skena och lyckades man med konststycket att resa sig upp igen såg det ut som man kissat på sig eftersom isen man suttit på hunnit smälta så där precis lagom och förnedringen var total.

I det röda huset, på Peringskiöldsvägen 70, fanns mamma Elisabeth eller Bettan om pappa var på det humöret. Ibland kunde det till och med bli Betsy eller om vi hade en riktigt bra dag, Pelle-Rose. Där fanns också pappa Mikael eller Micke som han var för många och lillebror Mårten. När han kom, drygt två år efter mig, tyckte jag tydligen det var lättare att kalla honom för Hårten. Även min storasyster Sanna, som var pappas barn från sitt tidigare äktenskap, bodde hos oss en period. Hon var sex år äldre än jag och min stora idol.

Min uppväxt var förmodligen som många andras med syskonrivalitet, föräldrarevolter, hårt arbetande föräldrar, familjetraditioner och semestrar med förhoppning om gemenskap och familjelycka. Min roll i familjen var som storasyster och mitt sätt att få uppmärksamhet och uppskattning var genom att vara duktig och ta ansvar. Vår uppfostran var full av gränsdragningar och höga krav men också av mycket kärlek och omtanke.

Till familjebilden hörde också ett kändisskap. Vi var barn till en av Ekman-bröderna. Mikael Ekman, son till Hasse Ekman och bror till Gösta Ekman d.y, vår pappa, arbetade med film och TV liksom mamma och till vår naturliga miljö hörde kontrollrum, studios och sminkloger. En fascinerande värld för de som inte tillhörde den och därmed något som jag fick lära mig att hantera inför andra. För mig var det en självklar del av livet och SVT Drama blev som en del av min familj utan att jag tänkte på det.

Jag föddes med kreativitet i blodet och växte upp med det i luften som jag andades. Jag började tidigt att skriva sagor som jag själv illustrerade och dikter som ofta rimmade. Bild var mitt bästa ämne i skolan och sången tog en mycket stor plats i mitt liv. Alla dessa bitar blev till stor del ett sätt att bearbeta allt som fanns inom mig, för det var mycket som snurrade i huvudet. Meningen med livet, slump eller öde, killar och kärlek.

Analyser av både förnuft och känsla. Hade vi kanske till och med levt tidigare liv och var det här livet bara ett av många?

Redan i lågstadiet började jag känna mig annorlunda, utanför och sökte mig hellre till vuxna än barn i min egen ålder. Jag minns till exempel att jag ofta kände som ett knip i magen. Som om någon tog tag om magen och vred den som en trasa.

Text ur ett blogginlägg:

"Jag klev in hos skolsyster och förklarade lite ynkligt att jag hade ont i magen. Hon granskade mig och våra blickar möttes. Jag med mina stora, plågade ögon och hon som snart log ett milt leende emot mig. - Lägg dig ner en stund här på britsen. Hon klappade med handen på det oblekta papperet som skulle skydda mot bakterier och smitta. - Jag ska ringa dina föräldrar och höra hur vi ska göra.

Jag lade mig ner och tittade upp i det slitna taket där smutsgråa målarfärgsflagor hängde som istappar och väntade på att få ramla ner. Papperet prasslade under kläderna. Det var inte första gången jag kom hit och hade ont i magen. Men visst mådde jag väl dåligt? Kanske hade jag inte riktigt ont i magen men konstigt kändes det i alla fall. Konstigt och väldigt obehagligt.

Sedan jag börjat skolan hade jag känt att jag blivit mer och mer utstött av mina klasskamrater. Det kändes svårt att prata om det med mamma och pappa. Jag var ju så duktig och fröken var så nöjd med mig. Hon var nog mer än nöjd eftersom hon ofta visade upp det jag gjorde för alla andra i klassen. Men på gymnastiken var jag inte duktig. Där var jag alltid sist när vi skulle springa, hoppa höjd och längd. Till och med kulstötningen var jag sämst i. När vi skulle spela brännboll så ville ingen ha mig med i sitt lag och på rasterna var det inte någon som ville leka med mig. Det var så det kändes och det var nog därför som jag mådde så dåligt. Men mamma och pappa fick inte veta."

Skola med sång

En dag i 3:an delade fröken ut en gul liten broschyr till oss och berättade att det var dags att söka till Adolf Fredriks musikklasser. En skola där man ägnade en stor del av tiden till körsång och musikundervisning. Jag kände direkt att det här var min chans. En möjlighet för mig att få komma bort från det som kändes så jobbigt och börja om från början. Sjunga var ju dessutom något som jag faktiskt var bra på och tyckte väldigt mycket om.

Jag kände mig riktigt stolt när jag kom in på Adolf Fredriks musikklasser efter att ha genomgått tre tester med konkurrens från många andra barn som också ville gå i denna fantastiska skola. Plötsligt försvann också det obehagliga i magen och en helt ny värld öppnade sig för mig, en värld full av gemenskap och glädje. Jag hade hittat rätt!

De sex år som följde var otroligt lärorika och fantastiskt roliga. Jag kände inte längre att det jag presterade på gymnastiken var viktigt även om jag fortfarande kände att någonting inte stämde. Hur mycket jag än försökte så överensstämde aldrig den fysiska prestationen med min mentala vilja. Vad som däremot fungerade var sången. Det var en fantastisk upplevelse att stå tillsammans med fyrtio flickor i Notre Dames, Paris och höra klangen från vår sång eka mellan valven i den enorma katedralen. Att känna att den klang som kom från just mig bidrog till en så otroliga samklang gav en euforisk känsla av att allt är möjligt, att tillsammans är vi oslagbara.

Vi fick slita hårt och disciplinerat men det gav så mycket som jag bär med mig än i dag. Ödmjukheten inför att vi alla är olika men ändå har något att bidra med som är värdefullt för helheten. Förmånen att kunna glädja andra genom att dela med sig av sig själv. Men även att arbeta hårt för att nå resultat och att det hårda arbetet skapar en sammanhållning utöver det vanliga. Vi kämpade tillsammans för att få ha kvar vår skola i innerstan genom att ställa oss utanför stadshuset och sjunga "Frihet, är det bästa ting som sökas kan all värden kring...", i tre stämmor, 900 elever och skolan fick vara kvar.

Varje Lucia gick vi upp tidigt i ottan för att ta oss kommunalt till ett sjukhus där vi klassvis gick luciatåg genom korridorerna med levande ljus i händerna och lingonkransar i håret. I det dunkla mörkret lyste ljusen upp ansiktena på de sjuka som satt med tårade ögon och lyssnade på vår sång. Därefter åkte vi kommunalt vidare till en kyrka där vi skulle ha luciakonsert under eftermiddagen. På bussen stämde vi upp i en spontan körsång som ofta gav oss lika spontana applåder av människor som stått i helt andra tankar när bussen tidigare fyllts av oroväckande många barn på samma gång.

För det mesta gav vi två luciaföreställningar i kyrkan då det var så många som ville komma och lyssna att en föreställning inte räckte till för att rymma alla. När konserten var slut framåt kvällen så möttes vi av föräldrar, morföräldrar och farföräldrar med rödgråtna ögon som förklarade hur vackert det hade varit och hur mycket de hade gråtit. Trött och lycklig somnade jag efter en sådan dag. En av många.

Filminspelning

I slutet av 5:an frågade min bästis, Julia, om vi inte skulle gå på en audition. Hon hade läst i tidningen att man sökte barn för en filminspelning. Vi tyckte båda att det lät lite spännande och kul så vi bestämde oss för att gå dit tillsammans. Då trodde jag aldrig att det skulle bli just jag som skulle få spela huvudrollen i den där filmen, men precis så blev det. Efter första provfilmningen fick jag höra att man sökte ett syskonpar och genast föreslog jag att även min lillebror skulle få provfilma. De tände på idén och även Mårten fick göra ett försök. Till slut var det bara vi två och ett annat syskonpar kvar i gallringen och rollerna blev slutligen våra.

Kanske fanns det en vinst i att vi var fjärde generationen Ekman när filmen senare skulle marknadsföras, men vad gjorde väl det när vi skulle få vara med om ett fantastiskt äventyr. För ett äventyr var det. Vi skulle tillbringa tre sommarmånader i Danmark eftersom en stor del av handlingen i filmen utspelade sig i Köpenhamn. Jag skulle fylla 12 och Mårten 10. Mamma och pappa var kvar hemma och med oss hade vi en guvernant som skulle hålla koll på oss och hjälpa oss med en del skolarbete. Hon hette Eva och var en sån där mysig tjej som vi båda gillade jätte mycket. Positiv och full av värme, men också lite sträng emellanåt.

Hotellet var exotiskt till en början men snart hade vi lärt känna all personal och de oss. Varenda vrå utforskade vi och en av favoritsysslorna som jag minns var att bygga lego i barnrummet när vi var lediga. Maten i restaurangen var fantastiskt god och jag kan inte minnas att det var något vi vande oss vid eller tröttnade på. Smörrebröd, citronvadn och wienerbröd med chokolade var några av favoriterna. Jag minns att jag växte både på bredden och längden den sommaren för de gula byxorna som inhandlades till min rollfigur, Anne-Li, i början av inspelningen var både för korta och för trånga i slutet.

Så mycket ledig tid hade vi inte. Varje kväll var vi tvungna att läsa repliker till nästa dags tagningar, men som jag minns det var vi flitiga besökare på både Tivoli och Dyrehavsbakken. På Dyrehavsbakkens nöjesfält åkte jag en fantastisk träbergochdalbana om och om igen. Den knakade så där spännande när vagnen flög fram över rälsen, saktade ner i uppförsbackarna för att långsamt smyga över krönen och sedan kasta oss utför i nerförsbackarna. Jag älskade verkligen det där suget i magen man fick när man för några sekunder lättade lite och inte riktigt hann med i tågets framfart. När man inte längre hade kontroll.

Inspelningsteamet blev som vår familj och resorna hem varannan helg känns det i efterhand som om vi hade klarat oss utan. Visserligen så var även de ett äventyr ibland. Birgitta Andersson som hade rollen som vår faster i filmen skulle en helg göra oss sällskap hem. Det slutade med kaos och en missad avgång efter att ha irrat oss fram och tillbaka mellan gaterna på Kastrup i Köpenhamn. Det var bara att ta nästa flyg. Hon var en ljuvlig människa med stort hjärta, mycket humor och härligt smittande skratt. Vi blev väldigt förtjusta i både Birgitta och hennes familj.

I det stora hela så var det bland det roligaste jag gjort i mitt liv. Men inte på det sättet att jag kände att det var just det jag ville ägna mig åt. Tvärtom så bestämde jag mig nog ganska snart efter det att aldrig mer jobba med film eller TV. Kanske för att jag ofta fick frågan i samband med filmen om hur mycket mitt släktskap med skådespelarfamiljen Ekman påverkat att jag fått rollen. Att känna att jag skulle leva upp till något slags rykte eller bevisa att jag dög på grund av mitt efternamn kändes tungt. Därför ville jag absolut inte fortsätta i den banan.

Körsång

Väl tillbaka i skolan i 6:an sökte jag in till Adolf Fredriks Flickkör. En kör i vår skola med ett 40 tal tjejer i åldrarna 12 till 16. Jag kom in och körsången tog nu ännu större plats i mitt liv. Det var repetitioner två gånger i veckan efter skoltid. Vår körledare, Bosse, var också vår klass musiklärare så jag kände honom väl. Bosse kallade oss för sina tjejer och han hade en förmåga att få oss att leverera det allra bästa av oss själva. Med hans otroliga entusiasm kändes varje minut inspirerande och rolig. Det blev för mig tre fantastiska år som till stor del bidragit till den jag är idag.

Vi lade ner mycket hårt arbete på körsången och fick så mycket tillbaka. Vi gjorde ett flertal resor utomlands under de år jag var med. Barnkörfestivalen Sympatti i Finland, flickkörsfestival i Ungern, körtävling i Frankrike och fantastiska Sverigeturnéer. När vi gjorde konserter i kyrkor runt om i landet i samband med gudstjänster hände det allt som oftast att besökarna i kyrkan brast ut i spontana applåder när Bosse slog av låtarna som ekade ut i kyrkorummet. Extranummer var mer regel än undantag och ofta var våra besök även uppvaktade av lokalpress som skrev fantastiska recensioner. Överallt där vi ställde upp i tävlingar vann vi och den sammanhållning vi kände går inte att beskriva med ord.

När vi reste runt bodde vi hos värdfamiljer. Vi fick uppleva olika kulturer och levnadsstandards. I Ungern besökte vi två och två familjer på landsbygden. Det var små hus med lergolv och toaletten var ett hål i marken. I trädgården sprang det höns och getter. Mycket var olikt det vi själva var vana vid men på något sätt så var vi ändå väldigt lika. De satt precis som vi samlade vid matbordet och åt sin middag och pratade om den dag som varit. Det var väldigt lärorikt. I Frankrike bodde vi ett par dagar hos familjer som öppnade sina hem för oss.

Det var så mycket värme och gästfrihet hos dessa familjer. Att vi inte kunde prata samma språk spelade inte någon roll. På något sätt gjorde man sig förstådd ändå och ofta grät vi när vi skildes åt.

Vi fick lära oss att vi var speciella men aldrig någonsin kände jag att vi tappade bort vår ödmjukhet inför uppgiften. Konstigt nog kände jag aldrig att jag, jag ensam, var speciellt bra på att sjunga, men tillsammans med mina körkamrater hade min röst en självklar och nödvändig roll. Där behövdes jag och där var jag unik.

Något känns fel

Körsången blev därmed min fritidssysselsättning eftersom den tog så mycket av min tid. Annars umgicks jag oftast med mina bästisar. Jag var mest hos deras familjer, sov över och var som en i familjen. Hemma var jag ofta för mig själv. Jag skrev en hel del, dagbok, dikter och sagor. Mamma och pappa jobbade mycket, men de bästa stunderna tillsammans var när vi satte oss ner och spelade kort, tärning eller något annat spel. Middagarna var också viktiga stunder när familjen samlades och åt mammas underbara mat och pratade om dagen som varit.

Jag fick tidigt ta ett stort ansvar. Jag gick hem själv efter skolan redan i första klass. Åkte buss och tunnelbana själv till och från skolan i fyran. Jag lärde mig snart alla busslinjer i stan. Jag gillade att få ta eget ansvar. Ville kunna klara mig på egen hand och vid 15 års ålder började jag jobba eftermiddagar och helger på Vivo vid Ängby Torg. Att jobba var verkligen roligt. Jag sög åt mig uppskattningen från kunder och personal som tyckte att jag gjorde ett bra jobb och sökte mig snart vidare till nya utmaningar. Jag jobbade i tobaksaffären ett tag, var brevbärare ett jullov och sommarjobbade på leksaksbutiken Stor & Liten i Gallerian som sedan blev ett helgjobb. Att jobba var toppen. Dessutom tjänade man ju pengar. Vad jag gjorde med pengarna vet jag inte men spara kunde jag absolut inte.

Det här var början på min resa till att hitta mig själv. Resan från barn till vuxen. Att börja jobba och tjäna egna pengar, att resa på körresor runt om i världen och att till vardags se till att jag klarade av det som förväntades av mig. Eftersom jag sällan mötte några hinder på min väg så såg jag inte heller att det fanns några. Jag flyttade ribban högre och högre för vad jag orkade och klarade av och det gick i ett rasande tempo.

Livet rusade på och jag satt i förarsätet. Det fanns inget som stoppade mig men någonstans i bakgrundssorlet var det fortfarande något som störde mig. Något som kändes fel. Jag hade så svårt att få min kropp att följa med min vilja att fysiskt prestera i exempelvis gymnastiken. Jag pressade mig själv till det yttersta men resultaten uteblev. När jag försökte springa fick jag det inte att funka. Viljan att springa fort var så himla stark men trots det orkade benen bara med att jogga. Det var precis som i en mardröm där man blir jagad och hela kroppen skriker att man måste fly men trots det kommer man ingenstans.

Jag försökte på egen hand att hitta orsaken till det jag upplevde. Jag gick till skolsyster och försökte sätta ord på det jag kände trots att jag egentligen inte visste riktigt vad det var. Det mest uppenbara där och då var att jag upplevde att min andning blev tung och att hjärtat slog så galet snabbt när jag ansträngde mig till mitt yttersta och att något måste vara fel. Det ledde faktiskt till en del läkarbesök och utredning av lungor och hjärta, utan resultat. Den enda förklaring som fanns var att jag hade dålig kondition, så livet gick vidare.

Skoltrött

Det började bli dags att välja till gymnasiet och mycket hängde ju på betygen. Jag var absolut inte motiverad till att plugga. Det jag lärde mig var det jag tog in under lektionerna så förutom i svenska, engelska och de estetiska ämnena som jag hade naturlig fallenhet för så fick jag medelbetyg i de flesta ämnen. Alltså inga betyg som räckte till vad som helst. Hur skulle man ens kunna välja vad man skulle plugga för att få en bra grund till sitt framtida yrkesval när man inte hade en aning om vad man ville ha för yrke? Det kändes som om hela min framtid hängde på just det valet och jag gillade absolut inte den typen av press. Jag valde samma linje och skola som drygt hälften av mina klasskompisar, 3-år Samhällsvetenskaplig linje på Kungsholmens gymnasium.

Över hälften av eleverna i min klass på Kungsholmens gymnasium var mina gamla klasskompisar från 9:an. Det var verkligen inte min grej. Jag var ju redo för något nytt, något spännande, inte fortsätta i samma gamla hjulspår. Jag var skoltrött, full av tonårshormoner och sugen på livet och nya utmaningar.

Den hösten fyllde jag 16 år och fick den bästa födelsedagspresenten någonsin. En sprillans ny, röd moppe. En Ciao Piaggio med en lika röd hjälm. Vilken frihetskänsla! Jag tyckte ju faktiskt att det var ganska tungt att cykla så en moppe var helt perfekt.

I samma stund som jag slutade 3:an och bytte skola till Adolf Fredrik inne i stan, bröt jag också helt med allt umgänge där jag bodde. Mina kompisar fanns under resten av skoltiden spridda runt hela Stockholm men främst i de norra och västra förorterna.

Jag visste att de som hade moppar där jag bodde brukade hänga i parken, nedanför backen, så nu när jag också hade en bestämde jag mig för att åka dit. Som vanligt kastade jag mig rätt in i det okända och skaffade mig självklart nya vänner på en gång. Vänner som finns kvar i mitt liv än idag.

Mina nya bästa kompisar, Nanna och Fia, var ett år yngre än jag och gick i 9:an. Att vara med dem var betydligt roligare än att gå till skolan så jag började skolka. Egentligen skolkade jag inte för i min värld hade jag hoppat av gymnasiet. Det var inte mina föräldrar lika med på. När jag tog upp det hemma och förklarade att jag varken trivdes eller kände mig motiverad till gymnasiet och därför ville hoppa av talade pappa om för mig hur det låg till. Att hoppa av mitt i terminen var inte ett alternativ utan jag var tvungen att gå fram till jul och sedan fick jag hitta ett jobb till nästa termin. Därefter skulle jag söka in på nytt till en skola och linje jag trodde jag kunde trivas med.

Det mesta av det där hade jag redan tänkt igenom men om jag ändå skulle få hoppa av efter jul kunde jag lika gärna sluta direkt. Så resten av den terminen låtsades jag åka till skolan på morgnarna men hittade på helt andra saker på dagarna. Oftast var jag hos Nanna och Fia i deras skola i Södra Ängby. Mycket roligare!

Den hösten mötte jag också min första stora kärlek och började festa med Nanna, Fia och ett roligt gäng äldre killar där han med stort H självklart ingick. Det var många kvällar med sång, skratt och dans till Orup, GES och andra partydängor. Livet lekte och jag hade hur kul som helst.

Jobbet jag lovat att ta blev som inspelningsassistent under inspelningen av Roland Hassel som pappa regisserade. Det var riktigt roligt och jag kände mig hemma både i miljön och med resten av teamet. Nästa löfte var att söka in på nytt till gymnasiet och den här gången valde jag Bromma gymnasium. Nanna och Fia skulle gå där och jag hade redan en del andra kompisar i den skolan. Valet av linje föll nu på 3-år Ekonomisk linje med inriktning på företagsekonomi. Min tanke var att ekonomi kunde man alltid ha nytta av. Så, så blev det.

Liten blir stor

Det blev tre rätt bra år till slut. Jag trivdes i skolan och gjorde hyfsade resultat men det där med gymnastiken hängde över mig. Jag försökte verkligen till en början men när gymnastikläraren gjorde klart att betygssättningen skulle sättas utifrån våra presterade resultat slog det slint för mig. Hur orättvist var inte det? Alla har ju olika fysiska förutsättningar till att nå resultat.

Jag löste problemet på mitt sätt. Det innebar att jag blev elevrådets ordförande och därifrån drev jag frågan om betyg i gymnastiken. Det fick inget positivt gensvar från skolledningen men jag hade i alla fall gjort vad jag kunnat. Jag kände mig jättebesviken på vår gymnastiklärare som tyckte jag skulle träna upp min kondition och sluta sjåpa mig. Då sade jag att jag inte tänkte gå på några fler gymnastiklektioner och ville han ge mig streck i ämnet så fick han göra det.

Sista terminen i 3:an gick jag inte på en enda gympalektion men märkligt nog fick jag en 2:a i slutbetyg ändå. Det kändes ändå som ett bra beslut. Jag orkade inte kämpa längre och även om ingen hittade något fel på mig så visste jag att jag inte kunde prestera mer än jag gjorde. Jag började acceptera att det var så det var helt enkelt.

En vecka efter min 18-årsdag tog jag körkortet. Både märkligt och lite läskigt när jag för första gången satt helt ensam i bilen och inte hade någon annan bredvid mig som hade koll. Men det var en magisk känsla att känna friheten av att kunna köra vart som helst utan att behöva anstränga mig det allra minsta. Jag älskade att köra bil. Oftast fick jag låna mammas lilla Fiat Panda. Den var som en liten svart plåtlåda med fyra cykeldäck. Lättparkerad och söt.

Höstterminen sista året på gymnasiet gick jag och min klasskompis Lena ut på krogen för första gången. Vi gick till BZ som låg högst upp i samma hus som Chinateatern vid Berzelii park. Där hade de dansgolv under bar himmel när det var fina kvällar. Då kunde de öppna upp taket och man kunde dansa under stjärnorna. Dansa kunde jag konstigt nog göra hur länge som helst. Det var ju inte så stora rörelser men konditionskrävande. Jag älskade att känna den höga musiken och röra mig till basgångarna.

Jag blev så tagen av den där kvällen och tänkte att här skulle jag vilja jobba. I baren frågade jag vem som var personalansvarig och sen gick jag fram till den snygga killen i kostym som bartendern pekat ut. Det blev början på tre år i krogbranschen och främst i garderoben med min underbara kollega Becca. Vi hade så otroligt mycket kul och för mig kändes det så perfekt att få ta del av utelivet utan att festa. Jag var inte så förtjust i att dricka och prova på droger skulle jag aldrig ens drömma om att göra. Jag ville ha kontroll.

Vuxenliv de lux

Jag levde på sätt och vis mycket här och nu och tog tillvara på de spännande utmaningar och möjligheter som korsade min väg. Det som främst drev mig var viljan att få klara mig på egna ben. Att själv få bestämma över mitt liv. Slutmålet i min värld var att bilda familj och få barn, den absolut största utmaningen och belöningen i livet. Någon att få ta hand om och guida ut i livet, någon att älska villkorslöst som också skulle älska villkorslöst tillbaka.

Två aborter gick jag igenom. Den första var väldigt jobbig. Jag var 17 år när jag blev gravid med han med stort H, min första stora kärlek. Han sade att han skulle stötta mig i vad jag än kom fram till. Det kändes fint men beslutet var riktigt svårt att fatta. Det kändes som ett alldeles för stort beslut att ta på egen hand men trots min längtan efter barn bestämde jag mig för att de förutsättningarna jag hade inte alls var de jag ville ge ett barn just då. Jag kan fortfarande undra vem den där lilla skulle ha blivit och bara en sak kan jag veta säkert, att de två barn jag har idag hade inte funnits om jag gjort ett annat val. Älskade barn!

Min andra graviditet, när jag var 20, var med en kille som jag bara träffat under en kort period. Han hade barn sedan tidigare och ville absolut inte ha fler barn. Det avgjorde det hela. Jag ville inte sätta ett barn till världen som inte skulle vara önskat av sin pappa. Trots att jag hade allt ordnat för mig rent praktiskt med egen lägenhet och ett fast jobb som budbilschaufför vägde hans reaktion över för en abort.

När abortdatumet närmade sig sommaren 1992 var jag ur balans. Dessutom var min kropp rent fysiskt inställd på att vara gravid så jag var ofantligt trött. Jag hade fått jobb på budbilsfirman Pedal efter gymnasiet och jobbat där i knappt ett år. Det var ett superstressigt jobb allt som oftast men jag älskade det. Jag fick ju köra bil och återigen arbetade jag på ett företag med stark vi-känsla och med tonvikten på att ge god service, precis som på Stor & Liten. Det var högt tempo med riktigt god stämning.

En eftermiddag fick jag ett panikbud som det kallades. Det innebar att det var jättebråttom att hämta och minst lika bråttom att lämna. Jag var trött efter en lång dag i högt tempo och det började bli rusningstrafik i innerstan. Jag låg bakom en bil som körde riktigt långsamt och stressen inom mig steg för varje meter vi körde. Solen höll på att gå ner och låg plötsligt rakt i mina ögon. Som från ingenstans dök det upp en bil på höger sida ett tiotal meter framför mig. Allt gick så fort, jag körde i 50km/h när bilen körde ut för att svänga vänster på den väg jag kom. I ögonvrån uppfattade jag att det var trafikljus i korsningen framför mig som jag hade missat helt och samtidigt som jag insåg vad som hände körde jag rakt in i sidan på bilen framför mig. Jag hörde ljudet av plåt som mötte plåt och min bil tappade färdriktningen, snurrade ett halvt varv och for med full fart in i en trafikstolpe vid trottoaren i motsatt körriktning.

Fronten låg böjd runt stolpen, allt var tyst förutom ljudet av mina vindrutetorkare som slog hastigt fram och tillbaka över vindrutan. Strax därefter hörde jag sirener närma sig och det tog bara några minuter innan brandkåren och en akutläkarbil var på plats. Jag var självklart chockad. Fick hjälp ut ur bilen och envisades med att jag var tvungen att få med mig stereon vilket brandmannen som hjälpte mig ut insisterade på att jag absolut inte behövde bry mig om.

Det viktigaste var att jag kom till ett sjukhus och fick kolla upp hur jag klarat mig.

Mitt i allt detta råkade han med stort H som jag inte träffat på ett år köra förbi och se mig och min bil. Vad var oddsen? Han körde mig till akuten, frågade om jag klarade mig och sen försvann han igen.

Jag hade klarat mig lindrigt undan utan skador men kände mig lite öm i ryggen så jag bokade tid till en Naprapat som praktiserade kinesiologi. Han kände igenom kroppen, blev lite bekymrad när han kom till mina armar och ben. De svarade inte riktigt som de borde sade han. Han bad mig dricka lite vatten och sedan provade han igen. Han var nu säker, det var något som inte stämde med musklerna som påverkade mina armar och ben. Jag blev rekommenderad att boka tid till en idrottsläkare för att få reda på mer.

I övrigt var jag okej, föraren i den andra bilen hade legat på sjukhus en tid men överlevt, tack och lov. Mentalt var jag dock inte i skick att fortsätta köra budbil så jag lämnade Pedal.

Diagnosen

Idrottsläkaren i Vällingby var bra. Efter några undersökningar sade han att han var ganska säker på att jag faktiskt hade en muskelsjukdom men att han skulle remittera mig vidare till Neurologmottagningen på Karolinska sjukhuset där de med största sannolikhet skulle kunna tala om vilken typ det rörde sig om. Jag hade nog svårt att ta in beskedet men tänk om det faktiskt fanns en förklaring till allt jag känt och gått igenom under åren som gått. Tänk om jag inte bara var bekväm och hade dålig kondition. Tänk om.

Det blev ett halvårs väntan innan jag fick kallelsen till KS. Under den tiden fick jag ett nytt roligt jobb. Jag fick vara med och bygga upp och starta en ny Stor & Liten i Vällingby Centrum. Det var ju som en dröm att få vara ansvarig för ett antal varuområden, sköta beställningar av Barbiedockor, pussel, spel och videofilmer. Det var fysiskt ett rätt tungt arbete med uppackning av stora rullburar fullpackade med varor som skulle upp på hyllorna. Men jag slet på. Minns att jag kunde känna som mjölksyra i armarna efter att jag haft en riktigt tung dag.

Så kom dagen då jag och pappa klev in på Neurologmottagningen på KS. Det kändes som en evighet när vi satt i väntrummet och väntade på min tur. Pappa var nog minst lika nervös som jag. Till slut ropades jag in till doktor Kristian Borg, numera professor och överläkare, som tog emot oss på sitt rum. Jag fick berätta för honom vad jag upplevde för besvär. Vid det laget hade jag förutom mina tidigare upplevelser av att vara sämst på gymnastiken börjat känna av en ökad svaghet i benen vilket visade sig när jag försökte springa, gå i trappor och resa mig upp från sittande.

Han bad mig att visa honom hur jag gjorde när jag reste mig upp så jag visade att jag var tvungen att sätta händerna på låren och nästan ta sats och tippa lite framåt samtidigt som jag tryckte ifrån med händerna mot benen. Ju lägre ner jag satt desto tyngre blev det. Han nickade och bad att få se mina vader.

Mina vader var mitt största komplex. De musklerna var så oproportionerligt stora i förhållande till resten av mina ben så jag kunde varken ha höga stövlar eller tighta byxor. Kjol, shorts eller klänning var absolut inte plagg man hittade i min garderob. Men visst, ville han se mina vader så skulle han självklart få se dem.

Han tittade, klämde och bad mig att spänna och slappna av. Han hummade lite och sade att det var ett tydligt fall av hypertrofi, förstorad muskel, som stämde väl överens med den diagnos han var övertygad om att jag hade. Muskelsjukdomen, Limb-Girdle Muscular Dystrophy eller Skulder-Bäcken-Muskeldystrofi på svenska. Han sade det som om det vore det mest självklara i hela världen. Tanken var svindlande. Massor av frågor snurrade plötsligt i mitt huvud. Jag hörde pappa fråga saker och doktorn svarade. Ja, det är en ärftlig och medfödd sjukdom. Nej, ingen annan i familjen behöver ha symptom. Jo, den är kronisk och accelererande så symptomen kommer bli värre med tiden. Nej, man vet inte hur snabbt det går men förmodligen kommer du behöva gånghjälpmedel och så småningom, sannolikt rullstol.

Det blev tyst ett litet tag och jag tog sats och frågade, ”Kommer jag dö i förtid?”. Svaret kom utan tvekan, ”Nej, den här diagnosen kommer inte påverka din livslängd”. Nästa fråga kom utan att jag ens hann tänka, ”Kommer jag kunna få barn?”. Han log mot mig och sade, ”Det ser jag inga hinder för”. Jag kände att jag kunde börja andas igen och oron för framtiden kändes trots allt hanterbar. Nu skulle jag fortsätta leva.

Kampen mot tiden

Innan vi lämnade läkaren hade han tagit en muskelbiopsi från mitt högra lår. Den skulle skickas till Helsingfors där de gjorde en DNA-analys för att bekräfta diagnosen och även se vilken typ jag tillhörde. Jag skulle bli kallad till en genetisk utredning. Därefter fick jag träffa en kurator som informerade mig om rent praktiska saker som kunde vara bra för mig att veta. Även om det inte var aktuellt just nu så skulle den dagen komma när jag skulle behöva hjälpmedel, bostadsanpassning, bilstöd och parkeringstillstånd. Jag tror inte jag tog in så mycket av det hon sade men tanken var god.

När jag och pappa klev ut genom dörrarna hade mitt liv plötsligt tagit en helt ny riktning. Det var som om någon satt upp en STOPP-skylt framför mig och lämnat en lapp med de nya spelreglerna. Nu skulle jag inte längre ta dagen som den kom och följa livet dit det tog mig. Nu skulle jag ta livet exakt dit jag ville ha det och tiden var inte på min sida. En kamp mot klockan hade startat.

I bilen på vägen hem pratade jag och pappa om det som precis hänt. Jag minns att jag tänkte att jag inte kände igen honom alls. Han pratade om att det var hans fel att jag fått den här sjukdomen, hans och mammas, och att han var så ledsen att han inte hade förstått något tidigare. Jag tror till och med han sade förlåt för alla gånger han sagt att jag inte skulle vara så lat eller bekväm. Jag tror vi grät båda två. Jag hade inte bara fått ett nytt liv, jag hade fått en ny pappa också.

Det här hände i början av 1993 och jag var 21 år. Fram till nu hade jag hunnit göra massor av spännande saker och samlat på mig mycket livserfarenhet. Jag hade flyttat hemifrån när jag var 19 då jag bodde i min systers lägenhet på söder och gick sista terminen på gymnasiet och jobbade kvällar och helger på BZ.

Efter gymnasiet åkte jag och hälsade på min syster i New York en dryg vecka. Det var en otroligt mäktig upplevelse att rulla in på Manhattan i en gul taxi bland alla andra gula taxibilar, en varm, mörk sommarkväll som lystes upp av neonskyltar från skyskraporna som sköt upp ur marken i ett perfekt rutnät av gator. Ånga steg ur gatubrunnarna, precis som på film och TV. Folk myllrade fram längs trottoarerna och lukten av matos och avgaser slog emot mig när vi klev ut ur taxin. Det blev en spännande vecka och en en riktigt häftig resa.

Hösten 1992 fick jag min första egna lägenhet. Det var en charmig, lagom stor 2:a med balkong och öppen spis på första våningen i ett hyreshus i Abrahamsberg. Det kändes så lyxigt att ha en alldeles egen lägenhet som jag fick inreda precis som jag ville. Jag kommer ihåg att jag hade en blå, mjuk täckmatta i sovrummet. Jag hade växt upp med katt och längtat efter att skaffa egna så det tog inte lång tid innan jag fick sällskap av syskonparet Tusse och Skrållan. Tusse var en mycket egen kille som pratade massor, apporterade och gärna tog sig ett bad samtidigt som jag badade.

Jag slutade köra budbil i samband med olyckan och istället blev det ju den nya Stor & Liten-butiken i Vällingby som tog mig till nya arbetslivserfarenheter. Jag stannade där drygt ett år innan jag gick tillbaka till Pedal och körde bud ytterligare ett år. Den här gången med vetskapen om min diagnos och det började bli mer och mer påtagligt att framför allt benen blev svagare.

Text ur ett blogginlägg:

"Doktorn frågade; "Har du någon blogg?". Jag visste inte om jag hade hört rätt. Frågade doktorn verkligen om jag hade en blogg? Jag tittade på honom och var tyst lite för länge innan svaret kom: "Nej, men jag har en hemsida."

När jag kom hem så tänkte jag att nu var det kanske dags att börja blogga i alla fall. Jag har ju funderat på det ett tag men inte riktigt tagit mig för det. Först sökte jag lite på nätet på min diagnos, LGMD, och fick faktiskt träff på en blogg med just den rubriken. En tjej på 23 år som bloggade om hur det var för henne att leva med den här diagnosen. Det är nästan läskigt vad en annan människas tankar och funderingar kan vara lika ens egna i en så speciell livssituation..."

Det nya livet börjar nu

Det började bli riktigt tungt att gå i trappor och uppförsbackar. Springa gick nästan inte alls. Det kändes som om någon spänt fast fyra mjölkpaket på varje ben. Jag hade inte ont, det kändes bara enormt tungt. Jag minns att jag kom med tunnelbanan en dag och gick av vid Abrahamsberg för att ta bussen hem. Jag såg att den stod inne när jag kom så jag försökte skynda mig allt jag kunde med mina mjölkpaketsben. Det som i mitt huvud var att springa blev i verkligheten ett tafatt lunk. Busschauffören som såg mig komma ville markera att det var hög tid för honom att åka så han stängde dörrarna och började rulla framåt innan han stannade upp och slog upp dörrarna igen.

Andfådd och helt färdig skulle jag försöka kliva på bussen men klivet in var så högt att jag var tvungen att häva mig upp med hjälp av handtaget på sidan och ta ett trappsteg i taget. Det kändes som en evighet innan jag kom upp och stod framför chauffören och letade efter mitt busskort. Då suckade han ljudligt och sade, "Men kom igen nån gång. Du ser ju ut som en jävla pensionär när du springer! Jag har inte tid att vänta hur länge som helst." Sen viftade han bara bort mig med handen och började köra därifrån.

Jag kände mig så förnedrad och samtidigt skamsen. Jag blev arg men också ledsen och kunde inte hindra tårarna som rann ner för kinderna. Det satt folk på bussen som hade sett och hört allt men ingen visste att jag var sjuk. Det syntes ju inte utanpå att jag hade en muskelsjukdom. Jag hade bara varit med om början på det som skulle komma att bli ett frekvent inslag i min vardag framöver.

Fyllda 22 bestämde jag mig för att sluta köra budbil. Det började bli alldeles för tungt. Nu när jag visste vad som var fel och hur det påverkade min kropp förstod jag att jag var tvungen att börja anpassa mig till vad kroppen klarade av.

Jag hade fått veta att diagnosen jag hade var medfödd och ärftlig. Mamma och pappa var, helt ovetandes, båda bärare av denna genetiska defekt. Jag ärvde anlagen från båda sidor vilket resulterade i sjukdomen.

Denna genetiska defekt innebär att den typ av protein som bildas i kroppen för att skapa en sorts hinna runt musklerna inte fungerar som det är tänkt. Tanken med proteinhinnan är att hålla ihop en muskel som spänns men i mitt fall går det istället hål på hinnan i det läget. Muskelenzymer läcker ut i kroppen och en sorts läkningsprocess sätter fart för att laga proteinhinnan. Resultatet av det är att ärrvävnad bildas och ersätter mer och mer av muskelmassan. Därav den långsamma försvagningen över tid.

När jag fick den här diagnosen visste man fortfarande inte så mycket om den. Det var till exempel inte någon som visste säkert om det var bra eller dåligt att träna styrka och kondition. Inte heller hur fort jag skulle bli sämre eller ens hur dålig jag skulle bli. Jag fick hela tiden höra från läkare att bara jag själv kunde avgöra hur mycket min kropp klarade av.

Det var något jag hade väldigt svårt att förhålla mig till. Om det var något jag var riktigt bra på så var det att ignorera min kropp och jag var väldigt dålig på att göra saker lagom. Det resulterade i att jag de första tre åren som nydiagnostiserad testade kroppen i träning av olika slag. Jag köpte gymkort och gick på gym ett tag. När det inte kändes bra gick jag på sjukgymnastik och cykeltränade.

Varje gång försökte jag cykla lite fortare och med lite mer motstånd. Sen blev det vattengympa och det var riktigt illa för i vattnet blev jag ju så mycket lättare så där kände jag inte alls att jag tog i alldeles för mycket.

När jag började ramla frekvent bara av att trampa lite snett eller snava över något kände jag verkligen att det var dags att sluta hoppas på att träning skulle kunna vara bra för mig. Med facit i hand tror jag att det skyndade på mitt sjukdomsförlopp och jag kände att ansvaret som lagts på mig, att själv avgöra vad som var bäst för mig, var alldeles för tungt att bära. Istället började jag inse att det var dags att se vad jag kunde få för hjälp för att kunna fortsätta leva ett så normalt liv som möjligt.

Som att komma hem

Jag som absolut inte skulle jobba med film och TV hamnade trots allt på SVT Drama. När jag på riktigt började fundera över vad jag ville syssla med så var det ändå det som kändes mest naturligt och lockande. Jag gick på en anställningsintervju för en tjänst som manussekreterare på Rederiet och träffade projektledaren Cajsa. Jag minns att hon frågade om jag hade någon erfarenhet av att arbeta med datorer och jag svarade utan att tveka, "Nej men jag hade skrivmaskin och ADB på gymnasiet och jag lär mig väldigt snabbt!". Hon skrattade och sade att då var det upp till bevis. Jag fick gå en tvådagarskurs i WordPerfect och sen började jag mitt nya jobb.

Jag trivdes så bra på manusredaktionen och med hela produktionen. Jag lärde mig verkligen snabbt och dessutom skaffade jag mig kunskaper som gjorde att jag kunde vidareutveckla och effektivisera den ordbehandling jag utförde. Mitt arbete bestod av att ta emot varje avsnittsförfattares manus på en diskett och importera det i ett ordbehandlingsprogram, WordPerfect, rensa texten från all tidigare formatering och sedan strukturera upp manuset så som vi ville ha det. Jag lärde mig att programmera macron och tyckte faktiskt att det var riktigt roligt att fördjupa mig kring datorns uppbyggnad.

Snart var det inte bara vår redaktion som fick användning av mina kunskaper. Det kom folk från andra produktioner som behövde min hjälp och jag hjälpte mer än gärna till. Det här var ju i mitten av 90-talet och PC-användningen höll precis på att ta fart. Vi övergick från DOS till Windows och jag såg ganska tidigt att det fanns en möjlighet att använda datorn till att interagera med Rederiets tittare.

Med det skapades en BBS som det hette och stod för Bulletine Board System. På svenska, en elektronisk anslagstavla, som man kopplade upp sig mot via modem. Där kunde tittarna läsa lite mer om karaktärerna och skicka flaskpost med frågor och funderingar.

Efter nästan två år på Rederiet blev jag erbjuden jobbet som PC-samordnare för SVT Drama och jag tackade självklart ja. Det blev en väldigt lärorik tid och mycket ansvar. Mitt jobb omfattade hård- och mjukvaruuppdateringar, support och utbildning för våra 200 användare och under 1996 rullade vi ut e-post via programmet Lotus Notes till alla.

Därmed blev det också mitt jobb att utbilda alla anställda för att de fortsättningsvis skulle få företagsinformation via e-post istället för pappersutskick. Det var en riktig utmaning att lära alla dessa kreativa medelålders män och kvinnor att överhuvudtaget använda datorn. Många trodde att skärmen var själva datorn så ganska snabbt insåg jag att jag behövde ta fram ett utbildningsmaterial som började med de allra mest grundläggande bitarna. "Datorn är den stora lådan som står under skrivbordet". Det blev många timmar med frustrerade utrop och massor av frågor.

En sak som jag tyckte var så intressant var hur olika män och kvinnor förhöll sig till den nya tekniken. Generellt så frågade kvinnor ofta "varför ska jag göra så" och "vad händer när jag har gjort det". De uppvisade i hög grad en stor rädsla och otrygghet för det nya och okända. Männen däremot var snabba på att utföra instruktioner och var inte alls oroliga för konsekvenserna av det de utförde. Spännande och tankeväckande.

Det var också under de här åren jag började uppfylla min stora dröm och meningen med livet i mina ögon, att bilda familj.

Trauman staplade på hög

Drygt ett år efter att spelreglerna för mitt liv förändrats så totalt och mitt liv blev en kamp mot klockan träffade jag den man som skulle bli far till mina barn. Plötsligt var han bara där, på samma fest som jag och allt kändes bara så där självklart och rätt. Vi pratade hela kvällen, dansade och pratade lite till. När festen var slut följde jag med honom hem och drack te, sov kvar där och sedan flyttade vi ihop ett drygt halvår senare.

Jag tog med mig katterna och flyttade från Abrahamsberg till Norrtälje där vi köpte en mysig liten bostadsrätt i början av 1995. Min kille var yrkesmilitär på LV3 i Norrtälje men jag pendlade till och från jobbet på Valhallavägen i Stockholm. Det var 7 mil och tog nästan 1,5 timme med bussen. Sen var det ju en liten bit att gå från bussen hem.

Efter en sådan arbetsdag kunde jag vara så enormt trött när jag äntligen klev av i Norrtälje och jag kommer så väl ihåg när jag vid ett tillfälle råkade trampa snett på något ojämnt. Jag tappade balansen och hade ingen kraft alls till att parera rörelsen så benen vek sig under mig och jag föll ihop på marken. Där satt jag och visste att jag inte hade en chans att ta mig upp på egen hand. Jag behövde hjälp. Jag såg mig omkring och försökte samla mod till att fråga någon om hjälp. Jag var långt ifrån ensam men folk passerade utan att göra den minsta antydan till att se mig sitta där.

Det kändes så förnedrande att behöva be om hjälpen. En del låtsades inte höra, andra kunde titta på mig med någon slags förakt i blicken och några bara med en generat obekväm uppsyn. En del sade att de inte hade tid och ursäktade sig olustigt. Till slut stannade en vänlig själ och erbjöd sig att hjälpa mig.

De finns där, mitt ibland oss, änglarna som plötsligt dyker upp när man behöver de som mest. Jag förklarade att jag var svag i benen på grund av en muskelsjukdom och att det var därför jag ramlat och inte kunde ta mig upp själv. Sen förklarade jag hur jag på bästa sätt kom upp igen.

Det ordnade sig alltid men varje fall var som ett litet trauma som jag staplade på hög någonstans inom mig. När det skedde låg fokus alltid på att lösa situationen och känslor av rädsla, ilska, hjälplöshet, utsatthet, skam och sorg fick aldrig någonsin stå i vägen för det. Det fanns ingen tid till det, jag hade ju bråttom att leva och det var mycket jag skulle hinna med så, upp igen och gå vidare.

Text ur ett blogginlägg:

"Det har varit en lång, mörk och rätt tung höst som nu börjar övergå i kyligare dagar och ännu mera mörker. När jag någonstans kände att det inte kunde bli tyngre så tror jag att den tyngsta tiden passerade nu i veckan och jag tog mig igenom den med ett mycket större lugn och en skön inre trygghet som jag inte trodde jag hade tillgång till just nu. Jag går ur det här och känner mig starkare än på mycket länge. En riktigt skön känsla!

Jag vet att jag har skrivit en del om min elrullstol som jag har inne. Stolen som jag har suttit fruktansvärt illa i och min kamp med arbetsterapeuterna för att få till en bättre lösning. För att göra en mycket lång historia kort så har jag nu bytt arbetsterapeut, igen, och fått ett nytt ryggstöd, nya armstöd och ny fotplatta på min nya stol (den nya som jag fick förra sommaren som var lika dan som den gamla...) och förhoppningsvis blir det bra nu, även om jag fortfarande inte känner att jag sitter bra... Kanske tar det ett tag för kroppen att vänja sig vid det nya, igen... Hoppas, för nu orkar jag inte engagera mig i det här mer på ett bra tag!

En fråga jag fått här är hur man vet när det är dags att börja använda hjälp. När vet man att man inte längre ska göra något när man blir långsamt sämre eftersom man tenderar att anpassa sig efter sina nya förutsättningar hela tiden? Jag har kommit fram till att den dagen som man själv börjar undra och ställa sig själv frågan, när det är dags att börja använda hjälp, det är DÅ det är dags! Jag vet att det är svårt att acceptera att funktionalitet försvinner. Jag vet att det känns som ett nederlag och en förlust att erkänna för sig själv att man inte längre klarar av att göra det man förväntar sig att klara. Men jag vet också vilken otrolig lättnad det är att sluta kämpa! Det är så mycket energi som försvinner åt att pressa sig själv till något som ändå bara blir halvdant gjort som man kan spara till något som man kan göra helhjärtat istället. Det är jag som väljer!

På söndag blir min älskade son 14 år. Han är min lilla kille som nu börjar bli ordentligt stor... mycket märkligt men fantastiskt! <3

Nu ska jag se AIK-Neapel i sista matchen på Råsunda. Jag trodde inte jag skulle känna det vemod jag faktiskt känner för att en arena ska jämnas med marken men det gör jag. Västerortsbo som jag varit i hela min uppväxt. Farväl, Råsunda!"

Hjälpmedel och bidrag

Det började nu stå klart för mig på allvar att jag behövde göra vad jag kunde för att få en så fungerande vardag som möjligt. Det fanns ju hjälp jag kunde få för att underlätta tillvaron och få mitt liv att fortsätta ta mig framåt. Jag gjorde som jag alltid gjort, läste på, skaffade mig kunskap och ansökte om det jag insåg att jag hade rätt att få hjälp med.

Det första var arbetsresor. Jag hade rätt att få arbetsresor till och från jobbet och plötsligt satt jag i en taxi morgon och kväll mellan Norrtälje och Stockholm. Det kändes märkligt men rätt bra. Nästa sak blev parkeringstillståndet till bilen som plötsligt underlättade tillvaron enormt. Det var också i den här vevan jag fick mina första hjälpmedel.

Det ena var en griptång med långt skaft som gjorde att jag kunde plocka upp saker från golvet. Att böja mig ner och plocka upp saker var näst intill omöjligt för mig vid det här laget. Det andra var en arbetsstol på hjul som var elektriskt höj- och sänkbar. Det underlättade för mig att komma upp från sittande. Min tredje nya kompis var en krycka. Eftersom jag börjat ramla rätt frekvent, cirka 1 gång/vecka, både inne och ute, hemma och på jobbet, så var det verkligen dags för mitt första gånghjälpmedel.

Att få hjälp visade sig tidigt vara betydligt svårare än jag någonsin hade kunnat tro och det var långt ifrån självklart att få den beviljad. Innan jag ansökte om arbetsresor hade jag fått avslag på en ansökan om bilstöd och anpassningsbidrag. Jag hade ju så svårt att ta mig i och ur den bil vi hade så en ny bil som var lite högre och även skulle kunna anpassas med en specialstol som kunde vridas ut mot dörren och häva mig upp ur hade varit perfekt.

Jag ordnade med besök hos en anpassningsfirma som hjälpte mig att ordna ett kostnadsförslag, skickade in blanketter, offert och läkarintyg till Försäkringskassan som efter ett antal månader beslutade att avslå min ansökan.

Då kunde jag, i min stilla tanke, undra hur man kunde bevilja mig dessa dyra arbetsresor med taxi, fem dagar i veckan, men inte bilstöd med en engångssumma på 60000kr. Det måste ju ganska snart ha blivit bra mycket dyrare i slutänden.

Vad jag nu med säkerhet visste var att jag skulle bli fortsatt sämre och att det dessutom var något jag var tvungen att förhålla mig till. Jag fick inte överbelasta mina redan skadade muskler för det skulle ju bara göra mig svagare fortare. Det innebar i praktiken en extremt tuff uppgift för mig. Jag fick inte utföra sådana sysslor längre som jag alltid gjort själv tidigare.

På äventyr

Sommaren 1994 åkte jag och min kille på motorcykelsemester. Vi tog hans HD Sportster 883, med mig på bönpallen i skinnpaj och läderbyxor och min kille vid styret. Vi skulle åka på en spontanresa runt i Danmark en tid och campa. När jag berättade det för familj och vänner möttes jag av spontana skratt och frågan om jag faktiskt tänkte åka MC och om jag var säker på det där med campingen. Det kan ha bottnat i det faktum att man såg mig som bekväm och att jag uppskattade resor under lite mer ordnade former med transportmedel som flyg och bil som mynnade ut i en hotellvistelse.

Men jag såg fram emot resan, kände mig lite cool i min utstyrsel och någon gång skulle väl vara den första för camping. Det kunde nog vara lite mysigt. Det var i det stora hela en superlyckad semester med fantastiskt varmt sommarväder och mer och mindre mysiga campingplatser. En riktigt häftig upplevelse.

Jag fick hjälp med att komma av och på hojen och komma upp från marken när vi sovit i tältet men annars fungerade det bra. Så bra så vi bestämde oss för Norge sommaren därpå i samma koncept. Tyvärr blev den resan besvärlig eftersom min kille blev riktigt sjuk när vi knappt kommit halvvägs. Vi hann trots det få uppleva den vackra Sognefjorden och Trollstigen innan vi bestämde oss för att ta Hurtigrutten från Ålesund till Trondheim.

Vi avslutade resan hos min mormor och morfar i Ytterhogdal, Jämtland, där sjuklingen blev omhändertagen tills han kände sig stark nog att fortsätta hem igen.

Det blev en sista resa 1996 innan barnen kom. Då bilade vi genom Europa och fick se och uppleva många fantastiska ställen. Den resan varvade vi campingen med små mysiga hotell och pensionat. Jag hade blivit lite svagare i benen då och det begränsade mig lite i möjligheterna att ta del av alla ställen vi besökte men att bara ta dagen som den kom och köra dit vägen tog oss kändes som frihet. Vi körde genom Tyskland, Österrike, Italien, Monaco, Frankrike och hem igen.

Det första lilla miraklet

Vardagen fortsatte nu i vår nya lägenhet i Kristineberg. Det var vår när vi flyttade in i den nyrenoverade HSB-fastigheten på Lidnersgatan. Året var 1997, jag var 25 år och väntade vårt första barn. Som jag älskade att vara gravid. Att känna den lilla människan växa inom mig och röra sig, hicka, snurra och få mig att må så vansinnigt illa. Jag mådde illa genom hela graviditeten med undantag för en månad i mitten.

Vi skulle inte bli långvariga på Lidnersgatan för vi hade köpt en bostadsrätt i Huddinge som höll på att färdigställas och skulle bli inflyttningsklar hösten -97. Det innebar ungefär ett halvår i Kristineberg. Vid den tiden hade vi köpt en begagnad Audi som skulle fungera bra med barnvagnen och jag hade ju mitt parkeringstillstånd för att kunna parkera nära porten vilket underlättade massor för mig. Problemet var bara att det inte fanns några handikapprutor på vår gata. Det var ju inte rimligt. Efter att ha kollat upp vad som gällde skrev jag till Gatukontoret i Stockholms stad och bad om att få en handikappruta på gatan. Kort därefter hade två nya p-rutor målats upp utanför porten och markerats som handikapprutor. Se där!

Jag blev erbjuden en fast anställning på SVT Drama men tackade nej till den. Jag hade redan börjat få svårt att utföra de tyngre arbetsuppgifterna och jag insåg att jag inte skulle kunna utföra jobbet så bra som jag ville kunna göra. Det var ett svårt beslut men kändes ändå som det rätta för mig. Vad jag skulle göra istället hade jag ingen aning om men det skulle lösa sig. Det gjorde det alltid.

Emma, för vi visste redan att det var en liten tjej, var planerad till första veckan i juli men eftersom ingen visste riktigt vad min muskelsjukdom skulle innebära vid en naturlig förlossning valde jag att föda med planerat kejsarsnitt.

Normalt planerar man in det så nära inpå beräknat datum som möjligt men Emma hade lite bråttom ut så hon planerades om till 19 juni.

Jag var så redo för henne och min förväntan visste inga gränser när jag låg på operationssalen med ryggmärgsbedövning och ett grönt tygstycke uppspänt över magen så jag inte skulle se själva operationen. Det jag såg var de operationsklädda människornas armar, ryggar och huvuden arbeta på andra sidan skynket och musiken jag valt själv spelades i högtalarna. Till slut kändes det som om luften gick ur en ballong och plötsligt var hon där, i min famn, fina älskade Emma Jessika Elisabeth.

Hon fick ligga hos mig medan de sydde ihop snittet och sedan var jag hänvisad till uppvaket och Emma fick vara hos sin pappa de första timmarna i livet. Wow, vilken eufori. Jag gjorde det. Vi gjorde det, vi gjorde Emma!

Vilken lycka att få bli mamma. Det kändes som livet blev komplett och varje ögonblick med den lilla ljuvliga människa som kommit till oss var ovärderligt. Jag försökte tappert amma henne men Emma var inte alls med på noterna. Hon tog bröstet, snuttade lite och somnade. Så fort jag tog bort henne därifrån vaknade hon och började gallskrika och det enda som hjälpte var att lägga henne vid bröstet igen och så började allt om från början.

Visst var det mysigt att ha den lilla varma bebisen tätt intill och jag kunde titta på henne hur länge som helst men efter drygt två månader fastklistrad vid mitt bröst och utebliven viktökning var det helt fantastiskt att börja med ersättning. Som hon åt och som hon gick upp i vikt.

Barn och bostadsanpassning

Jag hade blivit lite sämre under graviditeten och jag började bli ganska begränsad i vad jag klarade av fysiskt. Jag hade svårt att lyfta upp Emma. Från golvet var det omöjligt så jag hade henne aldrig på golvet när jag var själv hemma. Det kändes lite som om jag berövade henne något men jag sköt de känslorna åt sidan och hittade andra vägar som funkade för oss.

Oftast satt vi i soffan och när jag skulle upp därifrån var jag tvungen att lägga ifrån mig Emma bredvid mig, resa mig upp genom att ta stöd mot mina lår för att sedan böja mig ner och lyfta upp henne i min famn igen. Babysittern fick stå på ett bord så jag kunde lyfta i och ur henne. Barnvagnen var också ett bra hjälpmedel både inne och så klart ute. Det blev dock inte så mycket promenader eftersom det var för svårt för mig att orka putta vagnen i uppförsbackar. Det var också något jag kunde få lite dåligt samvete för. Barn behövde ju frisk luft.

Vi var ju två så Emmas pappa gjorde ju allt som vanligt och vi hade dessutom ett jättefint nätverk omkring oss av föräldrar och syskon som hjälpte till när det behövdes. Själv tyckte jag det var jobbigt att vara ensam med Emma i offentliga sammanhang eftersom jag inte kunde göra på samma sätt med henne som andra mammor. Jag gick till exempel till Öppna förskolan på babysång några gånger men där skulle ju alla sitta i ring på golvet med barnen framför sig och det kunde ju inte jag men det syntes ju inte på mig på något annat sätt än att jag var den enda som satt på en stol med mitt barn i knät. Därför blev min strategi tidigt att förekomma allas eventuella funderingar genom att hålla ett litet inledande anförande där jag förklarade hur det låg till.

Jag uppfattades nog som trygg och säker i det men inom mig kände jag massor som jag gjorde allt för att gömma undan för mig själv. Så här i efterhand med perspektiv kan jag se att jag kände mig skamsen, utelämnad och rädd men mitt sätt att hantera det på då var att undvika de situationerna. Jag började begränsa mig mer och mer.

Vi flyttade in i vår nya lägenhet på Vitvingevägen i Myrängen som låg i Huddinge, söder om Stockholm, hösten -97. Det var en marklägenhet med uteplats på fram- och baksidan, 3 rum och kök. Här fick jag för första gången bostadsanpassning genom Huddinge kommun. Det blev en ramp på framsidan upp till ytterdörrens tröskel och en altan med ramp på baksidan. Dessutom blev jag beviljad en toalett som var elektriskt höj- och sänkbar som jag faktiskt har kvar än idag. Den har flyttat med mig till fyra nya boenden genom åren. En riktig trotjänare som nu efter 22 år har gått i graven. Tack för allt!

I väntans tider

En vinterdag i början av -98 när vi bott in oss i nya lägenheten visade graviditetstestet positivt igen. Emma var nu 8 månader och hade börjat säga sina första ord och ett av de blev lillebror. Vi väntade redan vårt andra barn, Emmas lillebror, som skulle komma till världen i november samma år. Jag njöt lika mycket denna gång men samtidigt var det svårt att förstå hur jag skulle kunna älska ett barn till så obeskrivligt mycket som jag älskade Emma. Hur fick man kärleken att räcka till? Det visade sig inte vara några som helst problem, så klart.

Emma började på dagis i augusti, 14 månader och mycket kavat. Hon hade precis börjat gå och pratade massor med rullande, tydliga r. Viljestark, fantasifull och smart. Vi hade hittat lösningar som underlättade för mig rent praktiskt och Emma lärde sig fort att lyssna på vad jag sade och bad henne göra. När det var dags att plocka undan alla leksaker hjälptes vi åt, jag med griptången och hon med sina små händer. När hon skulle byta blöja klättrade hon upp själv till skötbordet på en stadig trappstege i trä som vi ställt mot bordet och lade sig till rätta för blöjbytet. På kvällen somnade hon i sin säng efter lite sång och saga och på natten när hon vaknade tassade hon tyst iväg själv in till oss och lade sig mellan oss i dubbelsängen.

Eftersom jag inte kunde lyfta upp henne själv från golvet så lärde hon sig tidigt att sträcka upp armarna mot mig så jag kunde ta tag i hennes små händer och dra upp henne på mitt vänstra ben och därifrån kunde jag sedan byta grepp och lyfta henne sista biten under armarna upp på min höft. Det här blev självklart svårare ju längre in i graviditeten jag kom och till slut var jag så utmattad att det resulterade i en situation som skulle ge mig en helt ny insikt och förändra min syn på mig själv.

Tunga insikter

Det var en vanlig morgon med de vanliga rutinerna för att få Emma till dagis. Vi tog bilen, det duggade och var höstkyligt. När vi kom fram och jag fått ut Emma ur bilen så stängde jag bildörren och av någon anledning tappade jag balansen och ramlade. I fallet råkade jag putta omkull Emma som också ramlade och började gråta. Vi satt där på trottoaren ett tag och jag försökte trösta Emma så gott jag kunde. Jag började fundera på hur jag skulle göra. Vi var precis utanför dagisgrinden men personalen skulle inte höra om jag ropade. Det fanns inte en chans för mig att ta mig upp. Så nära men ändå så långt borta, höggravid med en förtvivlad 1-åring som inte förstod varför mamma puttat omkull henne.

Då kom en annan mamma med sin son och frågade vad som hänt och om jag behövde hjälp. En ängel. Jag förklarade läget, som vanligt mycket sakligt, och frågade om hon kunde ta med Emma in och komma tillbaka och hjälpa mig upp. Det var självklart inga problem och jag satt där i regnet, på trottoaren och såg Emma gå med mamman in samtidigt som jag ropade till henne att jag snart skulle komma efter. Tårarna rann och där och då bestämde jag mig för att det fick räcka nu. Jag kunde inte fortsätta begränsa mig och i förlängningen mina barn för att min sjukdom gjorde mig fysiskt begränsad. Det var dags nu. Dags att söka assistans. Jag hade slut på genvägar och omvägar men det fanns en utväg genom personlig assistans som jag nu skulle kunna få genom kommunen enligt SOL, Socialtjänstlagen.

Jag blev beviljad assistansen och fick min första personliga assistent, Maria, ganska omgående. Jag kunde inte ha fått en bättre första erfarenhet än med Maria eller Ia som Emma kallade henne.

Hon var fantastisk med Emma och avlastade mig med hämtning och lämning på dagis, tog med henne på promenader och satt på golvet och lekte med henne men hon tog aldrig över, hade en fingertoppskänsla och blev mina armar och ben när mina egna inte räckte till.

Jag var beviljad assistans med 9 timmar i veckan för hämtning och lämning på dagis och viss omvårdnad av Emma. Utöver det fick jag också ett trygghetslarm. Det innebar att jag hade ett armband med en röd knapp på som var kopplad till en dosa som automatiskt ringde upp en larmcentral när jag tryckte in knappen. Då svarade en operatör och via högtalare och mikrofon i dosan kunde vi på så sätt kommunicera. Meningen var att trygghetspatrullen på kommunens hemtjänst skulle kunna vara på plats inom 15-20 min om jag hade ramlat och behövde hjälp upp. Det hände ett flertal gånger att jag var i behov av hjälpen men det tog alltid betydligt längre tid än så innan de kom. Som mest fick jag nog vänta 1,5 timma innan hjälpen kom.

Blicka framåt

Det kändes tryggare ändå nu när Maria hjälpte mig och larmet fanns i hemmet. Jag kunde fortsätta njuta av graviditeten och funderade lite över framtiden. Nu hade jag ju fått den stora lyckan att bilda familj och leva det liv jag drömt om men hur skulle jag kunna fortsätta leva i denna dröm? Barnens pappa hade fast arbete med hyfsad inkomst men jag var ju för första gången i mitt liv arbetslös. Vad ville jag bli när jag blev stor och hur skulle jag kunna hitta ett jobb som gav mig den inkomst jag behövde för att vi skulle kunna fortsätta ha den levnadsstandard vi vant oss vid och ville att våra barn skulle ha när de växte upp?

Tankarna kretsade också längre bort än så. Med min sjukdomsbild var det inte helt lätt att hitta ett jobb som skulle fungera för mig och troligtvis skulle jag inte kunna arbeta så länge som till pension med tanke på att sjukdomen verkade ha ett rätt snabbt förlopp. Så min nya målbild blev att hitta ett jobb som jag skulle trivas med och samtidigt skaffa mig en inkomst som skulle ge mig ekonomisk trygghet för framtiden som sjukpensionär. Cyniskt men sant.

Plötsligt en dag dök den där annonsen upp i lokaltidningen. En utbildning skulle starta i samarbete mellan IBM och Arbetsmarknadsstyrelsen inom det som kallades för Kunskapslyftet. Det var en arbetsmarknadsåtgärd som införts för att höja kompetensen hos de som gått ut grundskolan eller gymnasiet men sedan inte fortsatt med högre utbildningar. För sådana som jag alltså. Det som lockade mig var innehållet i utbildningen som omfattade tre delar, Projektledning, Applikationsutveckling samt Systemadministration i IBM:s program Lotus Notes. Det var ju det vi hade infört på SVT Drama strax innan jag gick på föräldraledigheten.

Jag visste direkt att det var det jag ville göra. Ett krav för att söka var att man var inskriven på Arbetsförmedlingen som arbetssökande vilket jag aldrig hade varit tidigare men någon gång ska ju vara den första. Sedan var det ett ansökningsförfarande som inleddes med ett personlighetstest och engelska språkförståelse. Vi var 1200 som sökte och 60 skulle bli antagna. Jag klarade av de första stegen och kom vidare till den personliga intervjun. Höggravid klev jag in i rummet där det satt en representant från Arbetsförmedlingen och de två kursledarna från IBM. Allt kändes jättebra och innan jag visste ordet av hade jag fått erbjudande om att vara en av de 60 deltagarna. Min lycka blev rätt kortvarig då representanten från Arbetsförmedlingen hade starka invändningar kring om jag verkligen skulle gå en utbildning när jag precis fött barn.

Självklart hade jag och barnens pappa redan pratat igenom situationen och var överens om att det här var en chans som troligen inte skulle dyka upp igen som jag självklart skulle ta om jag fick möjligheten. Han hade inga problem med att vara hemma med Emmas lillebror när han kommit till världen och jag hade inga problem med att låta honom vara det. Det var en högst motsträvig person som till slut gav med sig och gav mig grönt ljus till att gå utbildningen.

Ännu ett mirakel

Så kom han, vår Hampus, 25 november 1998. Ett år och fem månader efter Emma och hon älskade sin lillebror. Min oro för att inte ha plats till att älska ett barn till kändes helt befängd i samma stund som han låg i min famn och tittade på mig med bus och charm i blicken. Ännu ett litet mirakel hade landat i mitt liv, Hampus Daniel Mikael.

Jag var glad att det var tätt mellan barnen för de hade enormt stor glädje av varandra. Eller kanske var det Emma som hade stor glädje av Hampus? Jag kunde sitta och titta på när de lekte, eller när hon lekte med honom för han satt också mest och tittade och log när hon pysslade, sjöng, dansade och läste sagor för honom.

Det blev tuffare än jag trott att börja plugga så snart efter Hampus föddes. Han var bara tolv dagar när kursen satte igång på IBM i Kista. Mina lärare var självklart medvetna om min situation och när det fanns möjlighet fick jag plugga hemifrån och det hände att jag ibland tog med mig Hampus. Jag kämpade någon månad med att pumpa bröstmjölk på lunchrasterna men det var otroligt mycket plåga för extremt lite mjölk. Jag tror både jag och Hampus tyckte det var en lättnad när vi började med ersättning istället.

Utbildningen skulle pågå i 32 veckor och därefter skulle vi vara certifierade applikationsutvecklare och systemadministratörer i Lotus Notes. Utöver det fick vi en ordentlig ledarskapsutbildning med fokus på den lärande organisationen. Det var otroligt intressant och jag fick verkligen mersmak.

Rent fysiskt kände jag mig ganska okej under den här perioden. Jag använde nu kryckan regelbundet som gånghjälpmedel. Ibland glömde jag bort att jag hade den och råkade lämna kvar den i matsalen eller klassrummet men till slut blev vi kompisar och han lämnade aldrig min sida.

Jag hade också fått bilstöd och fått ett grundbidrag för att köpa en bil och sedan anpassningsbidrag för att få den anpassad efter mina behov. Det blev en förarstol som var vridbar med tillhörande fotplatta. Den kunde jag sänka ner till marken när jag skulle sätta mig i bilen för att sedan höja upp den och vrida in stolen till ratten. På det viset behövde jag inte lyfta in benen själv med armarna.

Utbildningen började lida mot sitt slut och jag längtade enormt efter att få vara hemma med Hampus i några månader innan jag förhoppningsvis fick jobb. Behovet av vår kompetens sades vara stor på arbetsmarknaden och det visade sig verkligen stämma. Bara några veckor efter kursens slut blev jag erbjuden jobb som Notesutvecklare på Handelsbanken. Allt gick i lås, trodde jag.

Besvikelse

I januari -00 skulle jag börja mitt nya jobb. Det innebar att jag kunde vara hemma och njuta av att vara med Hampus på heltid i fyra månader innan vi skolade in honom på dagis. Det enda problemet var att jag rent fysiskt inte skulle klara av det utan hjälp. Därmed ansökte jag om utökat antal timmar personlig assistans hos kommunen och tänkte att det inte borde vara några problem. När svaret kom kändes det som om någon gav mig ett knytnävsslag i magen.

Huddinge kommun hade beslutat att avslå min ansökan. I beslutet kunde jag läsa att de hänvisade dels till att vi var två föräldrar och om jag inte kunde vara hemma med Hampus så kunde hans pappa vara det. Som alternativ kunde de erbjuda oss en dagisplats till Hampus. Ett undantag kunde göras då han kunde få platsen redan vid 9 månaders ålder. Jag blev så ledsen. Jag ville ju vara med Hampus nu. Jag ville vara mamma på heltid och njuta av de där månaderna innan livet tog fart igen. Jag kände mig berövad på tiden, på att få vara den mamma jag ville vara och att Hampus blev berövad på tiden med sin mamma.

Jag överklagade beslutet i två instanser men fick samma besked. Nu lades det också till att man inte har några rättigheter att vara mamma utan barnen har rättigheter att ha föräldrar och eftersom vi levde ihop ansågs den rättigheten tillgodosedd av barnets far. Det tog riktigt hårt på mig men för att lösa situationen fick vi tänka om. Jag blev tvungen att ta ett tillfälligt konsultuppdrag och barnens pappa fick vara föräldraledig ett tag till innan vi skolade in Hampus på dagis bara 10 månader gammal.

Inskolningen gick som en dans och både Emma och Hampus trivdes jättebra på dagis. De var glada när vi lämnade dem och lika glada när vi hämtade dem.

Allt flöt på och 1999 led snart mot sitt slut. Innan millennieskiftet gjorde storslagen entré hade vi köpt en tomt på Värmdö och beställt ett nyckelfärdigt hus som skulle vara inflyttningsklart hösten -00. Livet var på rätt spår igen.

Det går riktigt bra nu

Jag trivdes otroligt bra på Handelsbanken IT och fick fantastiska arbetskamrater och en riktigt bra chef som verkligen såg mig och min potential. Min funktionsnedsättning var aldrig ett hinder bara ett faktum som behövde lite extra omsorg rent praktiskt. Jag fick höj- och sänkbart skrivbord för att kunna variera arbetsställningen under arbetsdagarna. Toaletten blev handikappanpassad, jag fick en parkeringsplats i garaget och elektriska dörröppnare hela vägen upp till vår våning. En utrymningsplan togs fram för att säkerställa att också jag skulle kunna ta mig ur byggnaden om det skulle börja brinna och hissarna var avstängda. En speciell bärstol införskaffades och kunde bäras av två personer, med mig på, ner för trapporna. Jag fick också en brandfilt monterad på väggen i mitt rum.

Jag började engagera mig fackligt i Finansförbundet och tog initiativ till att driva tillgänglighetsfrågor centralt för banken. Det fanns inget gjort sedan tidigare men viljan till förändring var stor internt. Jag var med och utformade Handelsbankens första Tillgänglighetspolicy. Det kändes fantastiskt att få det bemötandet av en arbetsgivare. Utöver det fick jag bara efter några månader erbjudande om att gå en ledarskapsutbildning tillsammans med två av mina arbetskamrater. Jag kände mig verkligen sporrad och det blev två riktigt lärorika dagar. Tillbaka på jobbet fick vi tre nu erbjudande om att bli teamledare för varsin gupp utvecklare. Jag kände direkt att det var helt rätt för mig och tillsammans med fyra av mina arbetskamrater hade jag nu mitt egna lilla team.

Jag lärde mig så mycket på kort tid och allt hände så fort. När arbetsdagen var slut satt jag i rusningstrafiken hem genom stan, hämtade barnen på dagis, kom hem, lagade mat och fixade för läggdags och en ny dag.

Huset var på gång och krävde också en del jobb. Vi var ju byggherrar så vi ansvarade för alla beställningar och leveranser. All inredning skulle väljas in i minsta detalj. Jag tänkte inte så mycket på sjukdomen då eftersom jag var upptagen med så mycket annat men ibland gick den inte att undvika. Otaliga var de gånger jag ramlade i korridoren eller på mitt rum och jag satt där och väntade på att någon skulle dyka upp. Det bästa var när någon av mina närmsta arbetskamrater var först på plats men ibland kunde det vara någon jag bara nickat till när vi passerat varandra eller någon jag aldrig träffat alls.

Jag pratade inte heller med mina närmaste om hur jag kände eller hur sjukdomsförloppet påverkade mig utan tyckte att jag accepterat läget och att jag inte kunde göra något annat än att se till att mitt liv fortsatte i den riktning jag hade valt. Jag fick helt enkelt anpassa mig efter mina nya förutsättningar och välja nya vägar när det tog stopp på de gamla. Jag var ju problemlösare in i ryggmärgen, envis och oerhört driftig. Dessutom var min grundläggande livsinställning att det inte fanns något konstruktivt i att deppa utan istället skapa nya möjligheter och ta sig vidare, helst med ett leende på läpparna för då blev allt så mycket lättare. Så jag fortsatte i ett rasande tempo, full fart framåt.

Familjeliv, karriär och andra engagemang

Jag hade fått min första elrullstol under den sista tiden då vi bodde i Huddinge. Det var en superhäftig terrängstol med grova däck, låg tyngdpunkt och separat fjädring på alla hjul, från Permobil. Orange som gamla Televerkets bilar. Den fick jag som hjälpmedel för att kunna vara aktiv även utomhus med barnen. Jag tyckte den var fantastisk. Den var rolig att köra, gick fort och jag behövde inte oroa mig för var jag satte ner fötterna eller vara rädd för att ramla och den hade en hållare för min krycka.

Vårt hus på Värmdö kunde vi vara med och utforma från början så det skulle fungera så bra som möjligt för mig. Det innebar till exempel att vi placerade tvättmaskin, torktumlare och diskmaskin på högre höjd för att jag skulle slippa böja mig så långt ner. Köksbänken höjde vi en centimeter och köksskåpen sänkte vi en aning. Det började bli tungt för mig att lyfta armarna över huvudet så jag var tvungen att ta fart med armen för att ställa upp porslin och glas i skåpen. En helt onaturlig och ansträngande rörelse som visserligen gav önskat resultat i stunden men i längden påverkade mig väldigt negativt.

Vi lät också anlägga en asfalterad uppfart till garaget med elektrisk uppvärmning i så jag inte skulle behöva oroa mig för snön på vintern. Garaget var kopplat till huset och porten fick fjärröppnare så det var bara för mig att kliva in i bilen, trycka på en knapp, köra ut och stänga porten efter mig med samma knapp, innan jag körde iväg.

Vi flyttade in i vårt fina hus i januari -01. Emma var då tre år och Hampus två år. Området var fullt av barn i Emmas och Hampus ålder och dagis låg bara ca 300 meter från huset. Ett dagis med engelska som specialinriktning och influenser från Reggio Emilia, en pedagogik som sätter stort värde vid att uppmuntra barnen att utforska och vara nyfikna och att stärka deras självkänsla. Det kändes riktigt bra och barnen trivdes verkligen. Jag ville vara delaktig även i barnens tillvaro där så jag blev föräldrarepresentant och satt med på regelbundna möten för att vara en länk mellan föräldrarna och personalen.

Här kunde man ju tycka att jag hade alldeles tillräckligt att göra men när jag blev tillfrågad om att sitta med i styrelsen för NHR Nacka/Värmdö kända jag ändå att det lät lite spännande och tackade ja. Det var Neurologiskt Handikappades Riksförbunds lokalförening i Nacka/Värmdö.

Fram till nu hade jag inte alls varit intresserad av att delta i stödgrupper, som anordnades genom vården, där de samlade flera patienter med samma diagnos för att umgås och utbyta erfarenheter. För mig kändes det konstigt och krystat att träffas bara på grund av en gemensam sjukdomsbild. Jag ville inte bli definierad av min sjukdom och inte klumpas ihop med andra enbart på grund av den.

Med åren som gick växte ändå nyfikenheten och funderingarna kring vilka de andra var och hur de levde med diagnosen. Var det fler som hade barn? Hur snabbt blev de sämre? När upptäckte de sin diagnos och hur hanterade de det? Jag visste bara att vi inte var många. Bara i Stockholmsområdet skulle vi med diagnosen LGMD2i, vara 7-10 stycken och i hela landet runt 50. Så vi träffades till slut i ett litet rum på Huddinge sjukhus tillsammans med två arbetsterapeuter från Neuroteamet som vi alla tillhörde.

Det blev spännande och intressanta möten där vi alla var i olika faser. Vi var bara kvinnor och lite jobbigt var det att se hur dåliga några av de var men samtidigt verkade i stort sett alla dela den där jädraranamma-inställningen som ändå skapade den stora lusten att leva här och nu och så rikt och meningsfullt som möjligt. Visst fanns också en hel del sorg, uppgivenhet och bitterhet vilket kändes fullt förståeligt även om jag själv var ganska främmande för de känslorna. Än så länge.

Text ur ett blogginlägg:

"Det är en härlig känsla att vara nöjd med den man är, att älska sig själv. Det är ingen självklarhet men med lite hjälp på traven som liten kan man nog lyckas känna så i livet, om vi som barn blir bekräftade för de vi är och inte bara för vad vi gör.

Jag kan faktiskt verkligen känna att jag älskar mig själv. Det är jag både tacksam och glad för. Jag tycker om att jag är galet impulsiv på ett lagom kontrollerat sätt med glimten i ögat. Att jag bryr mig om andra och gärna lyssnar och reflekterar när någon anförtror sig åt mig. Att jag är rak och tydlig när det behövs och diplomatisk och lågmäld när det passar bättre.

Jag tycker om att jag kan vara knasig och dryg på ett underfundigt sätt. Jag älskar min kreativitet när den bubblar över och mitt näst intill maniska driv som inte ser hinder utan bara lösningar. Jag gillar att jag är smart.

Med det sagt så blir det så svårt för mig att hantera känslan av att jag verkligen inte tycker om mig själv ibland. Nu för tiden är ibland ganska ofta faktiskt. När jag känner att min kropp svikit mig och sjukdomen tagit över tillvaron då tycker jag verkligen inte om mig själv. När dagarna i sängen börjar bli fler än de dagar jag orkar ta mig upp ur sängen och jag inte längre kan ligga ner utan andningshjälp, då är det svårt för mig att älska mig själv.

Men jag har funderat på det här och frågat mig själv varför jag inte kan älska mig själv trots känslorna av sorg som dränker mig ibland och insett att det inte finns någon motsättning i det egentligen. Jag behöver bara hitta in till mig själv med min kärlek och älska mig själv när jag behöver det som mest. En sorgsen Maja är ju inte i mindre behov av kärlek än en glad Maja...

Hoppas ni får en fin helg med massor av kärlek!"

Kan nästan själv men får inte

Det började bli ohållbart att ramla så ofta som jag gjorde så 2003 fick jag min första elrullstol för inomhusbruk. Jag fick den som ett arbetshjälpmedel, en Permobil som var riktigt rolig att köra och jag susade fram i korridorerna på jobbet i full fart. Killarna slängde lystna blickar och frågade om de fick prova. Det var riktigt underhållande att se de sätta sig i den och försöka ta sig fram mellan fikabord och stolar och konstatera att det var mycket svårare att köra den än vad de hade trott.

För att jag skulle få med mig rullstolen till kunder och andra platser vi besökte med jobbet var vår bil tvungen att anpassas. Jag blev beviljad anpassningsbidrag och fick en slags lyftkran monterad i bagageutrymmet som jag kunde haka fast stolen i och lyfta in och förankra. Sedan gick jag från bakluckan till förarplatsen och satte mig i min specialanpassade stol med fotplatta.

Under den här tiden började jag också känna hur svårt det började bli att lyfta armarna. Jag kunde bara med nöd och näppe tvätta håret på mig själv nu och fötterna nådde jag inte att tvätta alls. Det var extremt svårt att plocka ur disken och ställa upp porslin och glas i överskåpen och tvätten var vansinnigt tung att ta ur tvättmaskinen och hänga.

Jag tog kontakt med Försäkringskassan som skickade ut en biståndshandläggare till mig för att jag skulle kunna göra en ansökan om Personlig Assistans. Det blev ett märkligt möte. De var två handläggare som kom hem till oss och frågade vad jag behövde hjälp med. De utgick från någon slags mall med frågor om vad jag klarade av att göra själv och inte. Min situation var ju lite annorlunda för jag kunde ju göra det mesta fortfarande men fick inte fortsätta göra det eftersom jag fortare blev sämre då.

Jag hade ett läkarintyg som bekräftade behovet av assistans och handläggarna förstod men visste inte riktigt hur de skulle göra. Det var för dem en helt ny situation att bedöma ett hjälpbehov utifrån vad som skulle komma att bli resultatet av en utebliven assistans.

Trots det blev jag beviljad assistans som skulle omfatta hjälp med att duscha, plocka i och ur diskmaskinen och hjälpa till med tvätten. Även viss städning skulle ingå. Det kändes väldigt märkligt att släppa in främmande människor från hemtjänsten i vårat hem.

Jag vet att jag till en början kände att nu var jag verkligen handikappad och begränsad i min frihet. Men tänk, det blev tvärtom. Så snart jag hade accepterat och tagit emot hjälpen kände jag mig friare än på länge. Jag hade ju begränsat mig själv och undvikit att göra massor av saker men nu kunde jag göra allt igen med hjälp av någon annans armar och ben.

Det går tills det brister

Relationen som vi, jag och barnens pappa, hade inlett med vetskap om min diagnos men utan kunskap om hur den skulle påverka mig och oss, började sättas på prov ordentligt. Vi jobbade båda heltid och hushållssysslorna var rätt jämnt fördelade mellan oss men vi pratade inte om det faktum att sjukdomen tagit större plats i vår tillvaro. Vi var inne i ekorrhjulet och gjorde vad vi kunde för att se till att det gick runt.

Barnen var nu sex år och fyra år och visst var det ibland jobbiga morgnar när kläder skulle på, frukost skulle ätas och stressen i att komma iväg i tid blev för stor. Jag kunde ju inte bara tvinga på dom kläderna och lyfta in de i bilen. Det var en fysisk omöjlighet så jag använde rösten och lärde barnen tidigt att kommunicera.

För Emma var det inga problem, tvärtom så blev hon snabbt en expert på att förhandla. Hampus däremot hade svårare att förmedla vad han ville och blev helt förtvivlad när vi inte förstod honom. Det var en jobbig period men vi lärde oss att låta utbrotten få ha sin gång och i takt med att hans språk utvecklades klingade de av.

Jag hade jobbat på Handelsbanken i tre år nu och trivdes jättebra men jag började känna mig ofantligt trött och hade ett konstant knip i magen. Det var sommaren 2003 och ett stort problem både hos oss och i övriga samhället var alla de som drabbades av utbrändhet.

Jag trodde aldrig att jag skulle hamna där men jag förstod ändå att det var precis dit jag var på väg. Det kändes som ett gigantiskt misslyckande och jag försökte värja mig in i det längsta. När jag till slut tog mod till mig och gick till företagshälsovården möttes jag av en läkare som skrev ut Omeprazol mot magkatarr och sade att jag kunde fortsätta jobba som vanligt och att det skulle gå över på ett par veckor.

Jag kände mig så liten och ensam när jag gick därifrån med mitt recept i handen och magen som i en knut. Jag orkade inte le längre, hade problem med minnet, orkade inte laga mat, tappade bort ord och samtidigt hade jag dåligt samvete för att jag kände allt det där. Jag kände mig som en riktig vekling. Det var ju bara magkatarr.

Någon vecka senare när jag kom hem lite tidigare en solig eftermiddag stod jag vid köksbänken och tittade ut i trädgården. Gräset var så grönt och inbjudande som om det ropade efter mig att komma ut och sätta mig där i solen, på gräsmattan och plötsligt var det som om en svallvåg av känslor svepte över mig. Tårarna rann ner för mina kinder och jag var oförmögen att röra mig ur fläcken.

Det gjorde så ont i mig att veta att jag aldrig skulle kunna sätta mig på marken i solen igen och resa mig därifrån när jag ville, på egen hand. Det blev så tydligt för mig, som om någon stod och sparkade mig i magen och talade om att det var slut nu. Mitt liv var slut nu, livet som frisk och funktionell var slut och från och med nu var jag handikappad och beroende av andra för att få en fungerande tillvaro.

Jag hade kämpat för att fortsätta leva så "normalt" som möjligt ända sedan den dagen jag fick beskedet om min diagnos elva år tidigare. Med en målmedvetenhet och galen drivkraft hade jag under de här åren skapat mig exakt den tillvaro jag hade bestämt mig för att ha. Barn, hus, jobb, karriär, bil, god ekonomi och tryggad framtid. Hela tiden med ett leende på läpparna och kommentarer från omgivningen om hur stark jag var och hur bra jag hanterade min situation.

Jag hade inte tillåtit mig själv att en enda gång under dessa elva år känna hopplöshet, vara ledsen, arg eller besviken men nu kunde jag inte värja mig. Jag kände så stor sorg, så stor att jag blev rädd.

Den tog mig till tankar jag aldrig tidigare haft och jag såg mig själv rulla ut med rullstolen i havet tills jag försvann under vattenytan. Kanske var det den enda vägen ut ur det här? Jag skulle ju ändå aldrig kunna vara den där mamman jag ville vara, som barnen ville ha och jag skulle aldrig kunna vara en attraktiv och älskvärd partner igen.

Det var första gången mina tankar tagit mig dit, till att avsluta livet. Det gjorde mig rädd men samtidigt fick det mig att ta mig själv på allvar och inse att det fick räcka nu. Jag var tvungen att börja acceptera min situation på riktigt och jag behövde hjälp. Jag var så otroligt trött.

Att kapitulera

Det var svårt för mig att acceptera min utmattningsdepression. Jag upplevde starka känslor av skam i att ha brutit ihop och det tog lång tid för mig att hitta ro i att vila utan dåligt samvete och vila behövde jag. Utöver det blev jag ordinerad antidepressiv medicin och terapi. Min arbetsgivare stöttade mig helhjärtat och stod för behandlingen.

Till en början var sjukskrivningsperioderna på ett par veckor men det gjorde mig så stressad att veta att perioden snart tog slut så då ökades de på till några månader åt gången. Här började jag resan mot mitt nya jag och sättet jag såg på mig själv. En självbild av att vara extremt prestationsorienterad, självständig och effektiv med ett väldigt starkt driv. Det gjorde ont att se mig själv utifrån. Se och förstå att min kropp sakta men säkert slutade att fungera och där i känna så mycket sorg.

Ovissheten i hur dålig jag skulle komma att bli och hur fort, resulterade i stor rädsla för framtiden. Insikten om att den fysik och funktionalitet jag haft aldrig mer skulle komma tillbaka fick mig att känna ilska och besvikelse. Att jag själv inte skulle kunna påverka det här sjukdomsförloppet innebar en stor portion hopplöshet.

Sorg, rädsla, ilska, besvikelse och hopplöshet var känslor jag kände mig främmande för och det blev en svår tid att processa dessa och tillåta mig att ge dem plats. Något jag fortfarande jobbar med även om jag blivit mycket bättre på att vara i dem och se dem som en del av mig och tillåta dem att få finnas som alla andra känslor.

Att se det här fick mig också att förstå varför min kropp så tydligt reagerat och tvingat mig till den plats jag nu var på. Jag hade genomgått en traumatisk kris som dessutom var pågående och skulle fortsätta pågå.

Att förlora funktion i armar och ben är en stor förlust och att dessutom veta om att även lungor och hjärta kan drabbas är som att leva under konstant hot. Att vara annorlunda, inte kunna gå eller lyfta armarna som andra, gav mig en känsla av utanförskap och skam. Då började jag istället begränsa mig för att slippa risken för att hamna där.

Elva år tog det från att jag fick beskedet om min diagnos till att jag tillät mig själv att börja känna, att påbörja mitt nya liv och börja ge mig själv de rätta förutsättningarna för att fortsätta framåt. Elva år på flykt från mina känslor eller helt enkelt den tid jag behövde för att klara av att ta mitt liv mot en ny riktning.

Slutet och början på något nytt

Drygt ett halvår senare valde jag att lämna relationen i vilken jag levt i tio år. Jag behövde komma vidare och det kunde jag inte göra tillsammans med barnens pappa. I vår relation upplevde jag att det var jag som hela tiden fick lyfta, peppa och stötta honom och det hade jag absolut vare sig förmåga, lust eller ork till längre. Nu var det jag som behövde stöd, om inte från en partner så åtminstone från mig själv.

När beslutet väl var taget ordnade jag snabbt ett nytt boende, tog det jag behövde från huset och flyttade. Det kändes ledsamt att lämna det hus vi byggt med så stort engagemang och tänkt att våra barn skulle växa upp i. Alla växter vi planterat och dammen vi anlagt nedanför berget. Färgen vi valt till huset, den gröna, och den specialmurade väggen mellan hallen och vardagsrummet. Men vad betydde allt det där om det inte rymdes kärlek innanför väggarna?

Det blev plötsligt tydligt för mig att livet som jag ville leva var för kort för att slösas bort. Jag var värd så mycket mer än att känna mig helt ensam i en tvåsamhet som jag gjort de senaste åren. Barnen fick bo hos mig den sommaren och tillsammans boade vi in oss i en 3:a på markplan med uteplats precis vid skolan. Det var helt perfekt och jag kände sakta men säkert att jag kunde börja andas igen. Ta de där djupa andetagen som jag inte kunnat ta de senaste åren.

Till hösten när skolan startade igen började barnen bo varannan vecka hos mig och varannan hos pappa. Det kändes både bra och dåligt. Jag saknade de när de var hos pappa och samtidigt fick jag en lyxig vecka att bara ta hand om mig själv men jag hade svårt att släppa tankarna på mina älskade ungar.

Nu när jag var ensamstående fick jag beviljad personlig assistans genom LSS. Det innebar att jag fick vara delaktig i att schemalägga min assistans och även anställa ett antal assistenter som skulle arbeta hos mig. Det betydde en helt annan kontinuitet i assistansen och därmed också en stor trygghet för mig. Jag hade kommunen som assistansanordnare och vi hade en jättebra dialog kring detta.

För mig kändes det viktigt att vara tydlig i vad jag förväntade mig av mina assistenter. Framför allt i förhållande till barnen. Barnen var mitt ansvar och uppfostran definitivt något bara jag skötte. Den biten ville jag vara extra tydlig med. Att interagera med dem på deras villkor var däremot inga problem. Tvärtom, så länge det inte påverkade assistenternas arbetsuppgifter vilket jag också förklarade för barnen. Assistenterna var där för att hjälpa mig och vara mina armar och ben.

Dags att tänka om

Jag kom snabbt väldigt nära mina assistenter. De blev ofta som en i familjen och i takt med att jag kände mig tryggare med assistansen ökade också mina hjälpbehov. Fram till nu hade jag främst behövt hjälp med diverse praktiska hushållssysslor som städning, tvätt, disk, viss påklädning, hårtvätt och diverse aktiviteter med barnen. De följde också med mig till jobbet och hjälpte mig med luncherna, ytterkläder och andra praktiska sysslor jag inte kunde utföra själv.

De kommande två åren försökte jag komma tillbaka till arbetet och provade att jobba allt ifrån 25% till 100% men fick det inte att fungera. Jag hade fortfarande problem med stress, minne och ångest efter min utmattningsdepression och uppe på det hade sjukdomsförloppet nu börjat påverka mig ordentligt. Jag kunde inte lyfta armarna över huvudet längre och benen orkade knappt lyfta sin egen tyngd.

Jag ramlade fortfarande regelbundet och för att undvika det men ändå inte sluta gå så fortsatte jag gå hemma med hjälp av rollator men så fort jag skulle hemifrån använde jag elrullstolen. Jag hade ett trygghetslarm som jag kunde använda hemma om jag ramlade men det fungerade inte speciellt bra. De var alltid upptagna när man larmade och hjälpen kom oftast försent. Då hade jag redan kommit upp på något sätt med hjälp av en granne som barnen hämtat eller genom någon innovativ lösning där jag kunnat kravla mig upp i en soffa eller liknande och tagit ut mig riktigt ordentligt.

Det fanns många mentala prövningar under de här och kommande år. Det gör det fortfarande men när man är mitt i de syns de aldrig så bra som när de i efterhand träder fram ur dimman. Jag brottades med stora och små saker i tillvaron.

Jag försökte förhålla mig till att inte kunna vara den mamma jag ville vara och det var riktigt tungt. Jag önskar att jag hade kunnat krama om barnen när de var ledsna och krupit upp i ett hörn i sin säng, lekt kull och kurragömma, badat med dem, gått på promenader i skogen och klättrat i berg m.m.

Att vara impulsiv blev också svårare och svårare. Det förlorade lite sin charm när jag var tvungen att be en assistent att hjälpa mig med min impulsiva handling. Likaså att vara pedantiskt estetisk. Tänk dig att du ska sätta in foton i ett album och där vill du att fotona ska sitta lite genomtänkt på sniskan i ett visst förhållande till varandra. Det är inte ens rimligt att försöka få till det genom en assistents händer. Jag insåg ganska snart att jag behövde sänka ribban och vara nöjd med att överhuvudtaget få något gjort oavsett om tanken initialt var impulsiv eller det tänkta resultatet av en helt annan estetisk natur.

Jag var på väg att prioritera om vad som var viktigt i tillvaron och tack och lov är jag född förnuftig och lösningsorienterad. Envis och impulsiv var däremot nu två av mina egenskaper jag skulle bli tvungen att kompromissa med och välja mer noggrant när de skulle användas och det fick helt enkelt vara okej.

Kärleken kom

Jag och barnen hittade snabbt vår vardag. Dörren stod öppen för besök av både stora och små. Barnens vänner tyckte om att vara hos oss och såg inte min sjukdom eller mina begränsningar som något konstigt. Jag hade ju varit och berättat både på förskolan och senare i barnens klasser om min muskelsjukdom, att jag haft den sedan jag föddes och att jag blev svagare och svagare för varje år som gick.

Ju yngre de var ju fler kluriga frågor ställde de, helt underbart ocensurerat som bara barn kan. Huvudnumret var alltid när jag visade upp min anpassade bil. Den elektriska sidodörren öppnade jag med en fjärrkontroll och därefter fälldes det ner en ramp där jag kunde rulla upp med rullstolen, köra fram till ratten och låsa fast stolen i golvet. Sen var det bara att köra. Det är faktiskt helt fantastiskt vad man kan göra med tekniken.

Separationen blev tuffare än jag hade trott den skulle bli. Det var svårt att släppa kontrollen över barnens välmående när det inte var mina veckor att ha dem. Vi försökte gå på familjesamtal hos socialtjänsten men det slutade värre än när vi började.

När Emma började 2:an och Hampus 1:an träffade jag plötsligt en man på en social sajt på nätet. Johan från Gotland. Han fångade mitt intresse på två meningar och vi började en daglig chattväxling där vi berättade för varandra om dagen som gått varvat med vilka vi var och vad som gjort oss till dessa. Hur vi såg på framtiden och andra filosofiska djupa frågor. Jag blev mer och mer förälskad för varje ord som växlades. Det pirrade av förväntan när jag inte varit hemma en dag och bara längtade efter att få komma hem, sätta mig vid datorn och få läsa hans vackra ord.

Efter cirka en månad frågade jag om jag fick ringa honom och plötsligt fick orden en röst med gotländsk dialekt. En röst som ytterligare byggde på min förälskelse. Till slut kände vi båda att vi längtade efter att få ses, röra vid varandra och mötas fysiskt.

Första gången vi sågs hämtade jag Johan vid båten i Nynäshamn. Det var inte alls som jag tänkt mig men samtidigt var det precis som jag hade tänkt mig. Märkligt, självklart och fantastiskt toppat med den första kyssen. Nu var det vi på riktigt.

Ungefär vid den här tiden, när Hampus gick i slutet av 1:an började de äldre killarna i skolan reta honom för att han klädde sig i "tjejfärger" och satte upp sin långa lugg i en tofs. Han satte ord på det hemma men försökte låtsas som om det inte gjorde honom något. Jag gjorde vad jag kunde, pratade med lärarna på skolan och med hans kompisars föräldrar. Han blev lite mer inåtvänd och klagade över magont och migränanfall. Det kändes inte bra. Han umgicks mest med tjejer och gärna med Emma och hennes kompisar.

Emma hade några tjejer som hon umgåtts med sedan dagis och sedan tillkom några i skolan. En riktig trygghet mitt i separationen och alla flyttar. Att jag inte jobbade tror jag inte påverkade barnen alls men för mig kändes det som om hela min trygghet var i gungning.

Att jobba hade ju alltid varit min stora trygghet, en stor del av hur jag identifierade mig själv och gjorde att jag kände stolthet för den yrkeskvinna jag var. Nu kände jag att den delen av mig var borta. Jag visste att jag aldrig skulle kunna komma tillbaka till jobb. Den energinivå jag levde på nu skulle aldrig kunna bli större igen, bara lägre. Så vem var jag?

Sommaren 2006 blev jag sjukpensionär och blev avtackad från jobbet. Det jobb som hade ingått i min plan när jag fick beskedet om min diagnos för på Handelsbanken tar man verkligen hand om sina pensionärer och därmed kunde jag känna en ekonomisk trygghet även om det inte handlade om något överflöd.

Men framförallt hade jag hunnit känna på hur det var att få växa och utvecklas inom en organisation som tar tillvara på den kompetens som finns inom företaget.

En ny familj

Att träffa någon ny kändes svårt. Hur tydlig skulle jag vara kring min sjukdom inledningsvis? Jag bestämde mig ändå för att vara uppriktig när jag skrev mina profiler på några sociala sajter för att slippa överraska någon vid ett senare tillfälle. Det kändes ändå som den bästa vägen att ta.

Jag beskrev mig själv och mina personliga egenskaper, min sjukdomsbild och att jag långsamt skulle bli sämre. Jag berättade också att jag var beroende av personlig assistans. Det blev betydligt färre kontakter med andra men plötsligt var han ju bara där, Johan.

Tidigt i våra mejl ville jag berätta mer om hur diagnosen påverkade min vardag men då sade Johan, vänligt men bestämt, att han ville att jag skulle vänta med det för han ville lära känna mig som person först. Det var så oväntat för mig att höra och samtidigt kände jag mig så fantastiskt sedd. Han var verkligen nyfiken på mig.

Vid ett senare tillfälle, när vi hade träffats ett tag, var vi ute och promenerade. Jag i min elrullstol med ena handen på styrspaken och den andra i Johans hand. Jag kommer inte ihåg vad vi pratade om men plötsligt stannade Johan upp och gick runt och satte sig på huk framför mig och förklarade att han ville kunna se mig i ögonen när vi fortsatte samtalet. Jag hade aldrig förut känt mig så sedd, intressant och värdefull som i just den stunden. Ett halvår senare gifte vi oss, i Värmdö kyrka med Johans killar, Alfred och Julius, som stiliga best men och Emma och Hampus som supersöta tärna och näbb.

Det är i skrivande stund drygt fjorton år sedan och jag känner mig fortfarande sedd, intressant och värdefull, för att inte tala om älskad.

Senare samma år flyttade jag med Hampus och en av mina finaste assistenter till Gotland. Det blev ett radhus i Visbys utkant som blev vår första gemensamma bostad.

Svåra beslut

Emma, som då var nio år och hade börjat i 3:an med alla sina barndomsvänner valde att bo kvar hos pappa. I efterhand är det faktiskt det enda jag hade gjort annorlunda om jag hade kunnat. Jag hade så mycket skuldkänslor för att jag "lämnade" henne och relationen mellan mig och barnens pappa blev bara sämre i och med att jag flyttade. Jag gjorde allt i min makt för att göra det bästa med de förutsättningarna vi hade men kände mig hela tiden motarbetad och skuldbelagd. Självklart något som också påverkade barnen och tvingade in dem i situationer och omständigheter som barn aldrig ska behöva hamna i.

Mina känslor av skuld gjorde det också svårt för mig att tillåta mig att känna kärleken till Johan och det fantastiska vi hade tillsammans. Som om han stod och drog i mitt hjärta från ena hållet och barnen från det andra. Att jag inte var värd att känna hans kärlek eller den kärlek jag kände för honom.

Emma kunde ganska tidigt konfrontera mig i mitt val att flytta så långt bort från henne. Jag försökte förklara så gott jag kunde, vi grät och jag kramade om henne. Jag frågade om hon ändrat sig och ville flytta till mig och Johan men det ville hon inte. Då frågade jag om hon ville att jag skulle flytta tillbaka från Gotland men då blev hon nästan arg. Hon hade ju fått en till familj med Johan och hans tvillingkillar, Alfred och Julius, 6 år äldre än Emma. Flyttade jag tillbaka så skulle jag ju förstöra hennes nya familj. Vi var överens om att fortsätta som det var, det var annorlunda men det var så vår familj såg ut nu. Annorlunda.

För mig kändes det viktigt att barnen fick träffa varandra så varannan helg kom Emma till oss och varannan helg åkte Hampus till pappa. Det blev mycket båtåkande men också en hel del flyg. Det var tufft för oss alla de åren. Till slut sade Hampus att han ville flytta tillbaka till pappa. Han hade då bott här i 3,5 år. Det var självklart för mig att se till att ordna det som han ville men visst gjorde det ont att bara tänka tanken att leva utan båda mina barn i vardagen.

Jag hade riktigt svårt att förlika mig med den situationen men jag försökte vara stark i tron att det var vår väg att ta. Jag var ju vid den tiden i stort sett helt orörlig i benen och hade extremt svårt att lyfta armarna ut från kroppen. Jag hade hunnit bygga upp en stor trygghet kring mig i mitt vårdbehov och hade fantastiska assistenter. Trots att känslan av att jag borde flytta tillbaka till barnen brände och nöp i mitt hjärta tvingade jag mig att förnuftsmässigt förstå att en flytt i mitt skick skulle innebära en allt för fysisk påfrestning på både kropp och själ. Så, varje dag ringde jag barnen och frågade precis samma saker som om de kom hem efter skolan och mötte mig hemma. Hur var det i skolan idag? Har du några läxor? Ska jag hjälpa dig med något? Vad ska ni äta till middag?

De var ibland så trötta på mig och mina frågor men de insåg att jag inte skulle sluta. Det innebar att vi faktiskt byggde en riktigt fin grund att stå på och de visste att jag alltid fanns där för dem. Emma ringde till och med en gång och var fly förbannad, i 16-års åldern, och sade att hon bara ville tala om att hon rymde nu. Pappa fattade ju ingenting så nu tänkte hon ta bussen till en kille och stanna där. Bara så jag visste!

Tillit och stor kärlek

Tillsammans skapade Johan och jag en tillvaro med kärleken som en trygg och vacker plats att alltid kunna utgå ifrån och landa tillbaka i. Det var som sagt en tuff tid så länge barnen var omyndiga i stort sett och i samma takt som de blev äldre blev jag också sämre. Det fanns så mycket saker jag saknade att kunna göra. Förutom de mest uppenbara som att dra på mig ett par skor och gå en promenad, hand i hand med Johan, ta en dag på stranden och sola och ta ett svalkande dopp i havet eller lägga armarna runt mina barn och ge dem en stor, innerlig kram. Det fanns fler tillfällen att sakna än jag orkade tänka på.

Till slut var jag nere i ett svart hål igen. Hos doktorn fick jag göra ett skattningstest för ångest och depression. Resultatet visade på depression men framför allt slog resultatet i taket på ångest.

Vi hade nu varit gifta i sju år och sedan fem år tillbaka bott i vår nybyggda 1-plansvilla i Visbys sydöstra utkant, Terra Nova. Jag var beviljad assistans all min vakna tid och förutom att Johan jobbade som en av mina assistenter hade jag två tjejer till. Därmed var det inte ofta jag och Johan hade huset och dagarna för oss själva. Lördagar var och är fortfarande de enda hela dagarna vi har då det bara är vi två.

Med det sagt vill jag ändå säga att jag är så oerhört tacksam för de fantastiska tjejer som har jobbat med mig under alla dessa år och fortfarande gör. Ja, inte bara tjejer faktiskt, några killar har jag också haft förutom Johan men det var innan arbetsuppgifterna blev allt för intima.

Det är inte helt självklart att låta någon annan dra upp trosor och byxor när man varit på toaletten och när det inte går längre, när armarna blivit för svaga för att orka torka rumpan efter nummer två är det absolut inte självklart att låta någon annan torka en i baken.

Det är så svårt att acceptera vissa saker som jag tvingats till att acceptera. Att bara vara där i tanken och veta att det kommer en dag när jag måste få hjälp för att klara av mina grundläggande behov, äta, gå på toaletten, andas och kanske kommunicera, det är tankar som ser ut som mardrömmar men förmodligen ska bli min verklighet. Att poängen för ångest slår i taket då har jag inga problem att förstå men hur lär jag mig att leva med det?

Text ur ett blogginlägg:

"Vad mycket en endaste dag kan innehålla. Det har varit en sådan dag idag, då man kastas från den ena känslostormen rakt in i nästa och när kvällen kommer känns dagen som en hel vecka.

Jag började med att slå upp ögonen och direkt gick mina tankar till att det var idag jag skulle duscha. Inget konstigt i sig kan man tycka men tänk er då att ni ska få hjälp av någon att klä av er nakna i en duschstol, rulla in er i duschutrymmet och tippa tillbaka hela stolen så ni i stort sett ligger ner och bara kan lyfta på huvudet. I det här fallet har jag också ny sommarpersonal som är superfin och duktig men behöver instrueras eftersom det är hennes första gång i det här arbetsmomentet. Med den vetskapen inser jag alltså att jag, utöver att känna mig helt utelämnad och totalt blottad i ordets rätta bemärkelse, måste sätta ord på hur jag vill bli duschad.

Medans de tankarna for runt i huvudet åt jag frukost och kände ångesten växa för varje tugga jag tog av smörgåsen. In i det längsta väntade jag innan jag kallade in min assistent och bad henne ta hand om min bricka med disk. "Sen ska jag duscha", tog jag sats och sade samtidigt som jag började känna mig fysiskt illamående. Hon gick ut i köket och jag satt kvar. Jag kände hur gråten rusade fram och letade sig ut och plötsligt satt jag där och hulkade.

Jag bad Johan komma och samtidigt kom min assistent tillbaka. Jag kände mig så dum som grät över detta men jag fick både tröst och förståelse av mina fina, förstående stöttepelare. De gav mig lite nya perspektiv och jag kunde be Johan duscha mig och instruera så att jag bara kunde koppla av. Det gick så klart jättebra och nu har "första gången" redan varit så nästa gång behöver anspänningen inte bli så stor..."

Personlig assistans

Den personliga assistansen blev ganska fort en naturlig del av min tillvaro när den kom in i mitt liv. Mer och mer naturlig ju större mina hjälpbehov blev och med tiden förändrades såväl min syn som mitt förhållningssätt till hjälpen och assistenterna.

Det är lite som att vara arbetsledare i ett litet företag att ha assistans. Det ser självklart olika ut för olika brukare och man har möjlighet att utforma assistansen lite som man själv vill ha den. Antingen anlitar man ett företag som sköter allt åt en eller så startar man ett eget företag och tar hand om allt själv.

Jag började med att anlita kommunen för att sedan starta min egen assistansfirma, ME & You, men lejde bort administrationen kring de anställda och till slut landade jag i att lämna över allt till Olivia Personlig assistans som har hängt med mig i 14 år nu. De har varit ett fantastiskt stöd och jag har känt mig helt trygg med dem. Samspelet mellan mig, Olivia och Försäkringskassan är en helt annan historia. Det finns så många situationer med Försäkringskassan som skulle kunna fylla en alldeles egen bok och det har tagit så mycket energi av mig genom åren så jag lämnar det därhän nu.

För mig har det varit otroligt utvecklande på så många olika plan att ha assistans. Att våga släppa in andra innanför min mest privata sfär utan att drunkna i ångest och skam men samtidigt inte släppa in densamme för nära mina innersta och mest privata tankar är en sådan sak. Det har varit och är en svår balansgång för mig där jag nu för tiden försöker göra aktiva val i vad jag delar med mig av och inte.

Jag känner en enormt stor tacksamhet för att de finns för mig men jag försöker samtidigt att aldrig känna skuld. Jag är inte skyldig mina assistenter något för att de ger mig den fantastiska möjlighet jag får till att leva ett rikt och meningsfullt liv men jag tycker det är otroligt viktigt att visa dem min uppskattning för det jobb de gör. Det är deras jobb precis som vilket annat jobb som helst där man utför arbetsuppgifter som man i slutet av månaden får lön för.

Förr kunde jag ha så dåligt samvete när jag såg på TV, virkade eller lyssnade på en bok och därför inte behövde hjälp med något och assistenten därmed inte hade något att göra. Nu är det sällan jag känner så och mycket tack vare att jag tydligt beskrivit tid av sysslolöshet som en arbetsuppgift till de som jobbar här.

Jag kunde också tycka det blev jättejobbigt och ångestfyllt att be assistenten gå undan när jag behövde egentid eller behövde prata i enrum med Johan eller barnen. Nu har vi istället vänt på det. Assistenterna har ett eget litet krypin i ena delen av huset som de alltid är i när de inte har någon arbetsuppgift, så istället för att be dem gå ber jag dem komma, genom att jag blinkar med en lampa från en app i min mobil.

Varje gång jag är tvungen att ta in en ny assistent fylls jag med ångest. Vetskapen om att börja om igen med någon ny, tar mig omedvetet och medvetet, tillbaka till alla de gånger jag varit tvungen att öppna upp för någon ny. Lite som att släppa in en ny partner och inte veta om det kommer fungera eller om jag kommer få hjärtat krossat. Det är ju inte heller så att jag kan säga, "Nej, jag orkar inte testa en ny relation nu. Jag vill vara singel ett tag", för mitt hjälpbehov är en del av mig vare sig jag vill eller inte.

Jag har haft den enorma förmånen att ha assistenter som jobbat länge hos mig och det har gjort mitt liv tryggt, underlättat och skapat en skön känsla av kontinuitet. Det är ändå många assistenter som kommit och gått genom åren och jag minns de alla på lika många olika sätt. De lämnar alla spår.

Anhörig och assistent

Utöver assistansen, som ju är en del av mig, är Johan den som hjälpt mig att utvecklas och förhålla mig till många av mina tankar kring min livssituation på ett djupare plan än jag någonsin kunnat göra på egen hand. Hans genuina nyfikenhet, strävan efter att få förstå och orädda sätt att hitta in i kärnan har varit så galet jobbigt men samtidigt så fantastiskt förlösande. Vem hade trott det?

Jag hittade precis den människan som jag behövde, precis när jag behövde honom som mest och tillsammans har vi funnits för varandra och för oss. Med Johan har jag hittat så mycket roligt, spännande och intressant att göra. Vi började släktforska tillsammans. Letade efter och hittade den ena släkthistorien efter den andra. Ibland skrattade vi så vi grät och ibland bara grät vi. Vilka livsöden.

Vi började också fågelskåda. En helt fantastisk sysselsättning med de mest makalösa naturupplevelserna och magiska fågelmötena. Här på Gotland kan man åka vart som helst och hitta en underbar plats att bara vara på. Vara här och nu.

När Johan och jag tillsammans bestämde oss för att han skulle prova att jobba som en av mina assistenter fick vi varningar från flera håll om att ha en partner som assistent. Vi tog till oss det men bestämde oss ändå för att prova och lovade varandra att säga ifrån om det inte kändes bra. Nu har det gått tretton år och Johan är kvar, både som make och assistent. Det har självklart inte bara varit en dans på rosor men jag tror absolut det har stärkt vår relation. Vi har båda haft ett stort ansvar i att få det att fungera. Att våga prata om saker och situationer som uppstått så vi kunnat lösa de tillsammans har varit vår nyckel till framgång.

Men visst kunde det bli komiskt ibland. Jag gjorde mig i ordning för sängen vid 21-tiden. Johan hjälpte mig med tandborstning, på med andningsmasken och bäddade om mig. Jag sade godnatt och frågade när han tänkte gå och lägga sig. Svaret blev, "Vet inte, jag jobbar till 24."

Visst har det varit tungt också. För mig har det varit extremt tungt och väldigt mycket sorg kring min oförmåga att visa min kärlek i fysisk närhet. Att spontant bara sträcka ut armen och smeka Johans kind, krypa upp i hans famn i soffan eller ge honom en oväntad puss när jag går förbi. Det jag kan göra är att sätta ord på hur jag känner men det gör så ont att höra mig själv säga det. Men, om jag sätter ord på det i den stund jag känner det så ger jag i alla fall Johan en glimt av mina tankar och en möjlighet att få känna den kärlek som finns inom mig.

Text ur ett blogginlägg:

"Jag undrar om det är rimligt att vi i ett demokratiskt land som Sverige har några folkvalda som bestämmer att det är okej att köra över ett genomtänkt och genomarbetat kollektivavtal i en bransch som tar hand om de allra mest utsatta, utlämnade och begränsade invånarna i vårt samhälle?

Jag undrar om ni med gott samvete tycker det är försvarbart att köra över ett kollektivavtal med ett EU-direktiv från 2003 (2003/88/EG)?

Det här gäller mig och alla andra som lever med så svåra funktionsnedsättningar att vi inte klarar vår egen dagliga livsföring. Vi som behöver hjälp med det allra mest intima som att bli matade, avklädda, sättas nakna på en hård duschstol och bli duschade. Tvålas in under brösten och mellan benen. Torkas och kläs på. Bli satta på en potta för att kunna uträtta våra behov för att någon annan sedan ska torka oss rena och klä på oss igen. För att orka behålla livsglädjen är det så viktigt att den hjälp vi får blir så avslappnad som möjligt. Vi behöver trygghet, kontinuitet och stor förståelse för vår situation av de som kommer in i våra liv och blir en del av det. Dessa människor är ovärderliga!

De mest ovärderliga är ofta de anhöriga som har valt att arbeta med oss. I många fall är de den ultimata tryggheten och kanske är det när de jobbar som vi helt och hållet kan koppla av och känna total tillit. Oftast är det också de som måste hoppa in och jobba extra när någon blir sjuk och kanske kan de till och med få avbryta sin semester för att täcka upp när någon faller bort. Självklart kan det vara påfrestande för relationerna men att leva i ett hem där det alltid finns en utomstående i vardagen är minst lika påfrestande hur stor tacksamhet det än för med sig att de finns där..."

Det kan bli värre

Jag återgick till antidepressiv medicinering och fick även ångestdämpande. Det här var i början av 2014 och jag skulle då få ingå i en testverksamhet inom primärvården som innebar att jag skulle få vara med i ett vårdteam. Tanken var att jag skulle vara lika delaktig i min egen vårdplanering som de övriga i teamet som bestod av läkare, kurator, arbetsterapeut och sjukgymnast. Vi hade möten med jämna mellanrum och gick igenom vad som hänt sedan sist. Efter tre månader var testverksamheten slut och all vård kring mig upphörde där. Det kändes verkligen konstigt. Ett vårdteam kring en patient med en kronisk, accelererande och multipåverkad sjukdomsbild som får en tidsbegränsad insats på tre månader. Förstår i efterhand verkligen inte hur de tänkte.

Det var också kring den här tiden mycket sjukdom och olycksfall började drabba mig. Runt påsk 2014 skulle jag göra en förflyttning från toaletten en kväll men plötsligt förlorade jag balansen och föll handlöst. Mitt huvud for in i dörrkarmen och det kändes som om kindbenet krossades i smällen. Jag fortsatte fallet i full fart och insåg att jag skulle landa med ansiktet före rakt ner i klinkergolvet. Jag vet inte varför jag inte blundade men jag såg tandflisorna hoppa ut på golvet när jag landade och hörde mig själv skrika. Johan som hört mig rusade fram till mig där jag låg på golvet och såg till att jag låg så bra som möjligt samtidigt som han ringde ambulans.

Efter det tog jag ett aktivt beslut att aldrig någonsin varken stå eller gå igen. Det var det inte värt. För varje gång jag gjorde en förflyttning eller stod upp var jag livrädd och vad var vitsen med det? Det beslutet har jag aldrig ångrat. Framtänderna blev som nya redan nästa morgon och har hållit bra sedan dess.

Det blev mycket jobbigare att andas efter en lunginflammation jag drog på mig och jag hade dessutom börjat få smärtanfall i buken som strålade bak över hela ryggen. Anfallen kom ca en gång i månaden till en början sedan mer frekvent under försommaren. Jag fick ringa ambulans ett flertal gånger för att få bukt med smärttopparna. Till slut gjordes ett ultraljud och man kunde konstatera att jag hade ett tiotal gallstenar i gallblåsan som var och en var ca 1-1,5 cm i diameter. Det beslutades om att plocka ut dem via titthålsoperation men väntetiden var några månader.

I väntan på operation försökte jag njuta av sommaren. Besök av barnen, mamma och pappa men smärtan började bli ihållande och när jag en kväll fick ett riktigt smärtanfall blev det ambulans ner till akuten igen. Jag hade feber och skyhög sänka. Gallblåsan visade sig nu vara inflammerad och operationen blev akut.

Väl tillbaka efter den fyra timmar långa titthålsoperationen visade det sig att gallblåsan varit både akut och kroniskt inflammerad och därför så svår att få ut genom titthål. Men jag återhämtade mig så sakteliga och kände mig så tacksam att jag slapp all smärta.

Att vara smärttålig och uthållig är inte alltid så bra egenskaper. I efterhand kan jag förstå allvaret i situationer jag varit i men när man som jag levt med så mycket som kroppsligt och fysiskt avviker från det normala och man är van att "härda ut" kan det nästan bli farligt ibland. Som när det långsamt blev svårare och svårare för mig att andas. Uppe på det en känsla av att hjärtat slog extra hårt och oregelbundet.

Jag tänkte att det förmodligen var min ångest som fick mig att känna de symptomen. Det var nog bara att härda ut. Men jag blev bara tröttare och tröttare, fick muskelkramper i ryggen och de smärtorna gjorde mig ännu mer slut. Ibland var jag så trött att jag bara borrade in huvudet i Johans famn och grät.

Till slut var jag rädd för att somna för jag hade börjat höra min egen puls i huvudet när jag lade mig ner. Som en maskin. Jag kunde också vakna av spasmer i benen eller med ett ryck som om jag inte fått någon luft och behövde andas.

Det blev för mycket även för mig och det blev åter dags för en tur till akuten. Efter lite provtagningar kunde man konstatera att jag hade alldeles för höga värden av koldioxid i kroppen. Jag hade alltså blivit så svag i min andning att jag inte längre orkade andas ut all koldioxid som skulle ut ur lungorna. Det blev som värst när jag låg ner och andades mot tyngdlagen.

Text ur ett blogginlägg:

"*Ligger i sängen och somnar snart. All energi är sedan länge idag slut. Mitt allmäntillstånd är tyvärr skit, rent ut sagt. Lungorna har blivit så pass klena att jag i stort sett bara kan andas ytandning. De djupa andetagen känns riktigt lyxiga när jag får till dom. Det jobbigaste är att luften i lungorna verkar ta slut så fort men jag lyckas ändå aldrig andas ut ordentligt. Jag är snurrig i bollen, supertrött i ögonen och har crazy pain i ryggen. Utöver det så känns det som om jag har en elefant sittande på bröstkorgen. Nätterna ger dålig sömn och jag kan ofta vakna med galopperande hjärta.*

Så imorgon klockan 11.00 blir det andningshjälp. En Bi-level är en maskin som hjälper till att syresätta bättre och andas ut bättre framförallt så jag får ur mig all koldioxid. Vad det sen kommer innebära återstår att se. :)

Så mycket tankar snurrar där uppe nu!"

Det kan bli ännu värre

Det blev dags för mig att börja använda mitt första hjälpmedel för andningen. Jag fick en Bi-Level som skulle hjälpa mig att trycka in luft i men också ventilera ut ur lungorna på nätterna. Så varje kväll fick jag hjälp med att sätta på mig den mask i genomskinlig plast med mjuka silikonkanter över näsa och mun som man sedan kopplade en slang till och maskinen drog tyst igång.

Det var så obeskrivligt skönt att äntligen kunna sova igen utan att vara rädd och smärtan i ryggen försvann nästan direkt när också musklerna fick det syre de behövde. Självklart kände jag mig lättad men också sorgsen. Jag kände mig mer och mer som ett vårdpaket och berövad på mina möjligheter att känna mig duglig. Inför mig själv, inför Johan och inför mina barn och min familj.

Jag fick av en tillfällighet veta att det fanns ett ställe som hette Habiliteringen. Där kunde vuxna som lever med en muskelsjukdom få hjälp att se till att de fick leva ett så bra liv som möjligt. Lite som det där teamet jag hade ingått i men här fick man stanna. Efter att jag skickat in en egenremiss fick jag snart veta att jag var välkommen dit. Det var som att kliva in i en fantasivärld. Där fanns en kurator/psykolog, en sjukgymnast, en arbetsterapeut och en logoped. De fanns där för mig och ville verkligen se till att jag fick den hjälp och det stöd jag behövde för att må bra. Sedan första dagen har de funnits där när jag behövt dem. De ha förskrivit hjälpmedel, gjort hembesök, skrivit intyg och jag har regelbundet gått i samtalsterapi. Vilken trygghet!

Fram till nu hade jag ändå lyckats hitta en liten knagglig stig att ta mig fram på för att kunna fortsätta leva ett relativt aktivt liv med många dagsutflykter på ön för att skåda fågel, dagsresor till barnen i Stockholm, en sommarweekend hos mamma och pappa och våra härliga Ölandsveckor i mitten av Maj fulla av fantastiska fågeläventyr. Plötsligt var det dags igen. Den här gången akut blindtarmsinflammation och samma kirurg som tagit bort min gallblåsa. Den här gången ville han inte göra en titthålsoperation så det blev ett snitt. Allt gick bra men mitt blodtryck hade under en längre tid legat för högt och det blev dags att göra en grundlig utredning av hjärtat.

Eftersom 50% av de som har min diagnos får påverkan på lungor och lika många på hjärta så var jag ju medveten om risken men när det blev ett konstaterande för drygt ett år sedan gick jag vilse i tankarna. Hjärtsvikt, vätska i kroppen, vätska i lungorna. Det blev ingen resa till Öland den våren.

Text ur ett blogginlägg:

"Igår slog ångesten över mig som en tsunami. Jag var livrädd, fick inte luft, kunde bara ytandas och paniken över att inte kunna dra ett djupt andetag fick mig att börja gråta av rädsla. Hela dagen kändes det som om lungorna var ihop tryckta upp mot huvudet, hjärtat rusade och jag kunde bara inte hitta någon väg ut.

Jag sökte desperat efter Johans lugna ögon, såg honom andas djupa andetag och höll min hand i sin och tårarna rann ner för mina kinder och lade sig som en blöt, salt kant runt ansiktsmasken som var kopplad till min BiLevel för att hjälpa mig att andas. Johan gav mig en livboj som jag klamrade mig fast vid.

När jag landat igen och försökte fånga mina tankar insåg jag att jag behövde ringa 112 efter en ambulans så att jag fick hjälp att avgöra hur jag skulle ta mig vidare. Behövde jag åka in till sjukhuset eller fanns det någon annan lösning? Behövde jag syrgas eller annan akutvård pga operationen?

Den fantastiskt trygga ambulanspersonalen som snabbt var på plats kollade min syresättning som låg på fantastiska 94% (jag ligger normalt på 91%). Sen kollade de pulsen som var uppe och pickade på 98 och blodtrycket landade på 165/111. Alla värden fick mig att slappna av en aning även om jag behövde få ner blodtrycket. Tillsammans var vi överens om att jag kunde ta mina betablockerare för att sänka blodtryck och puls för att återvända till en trygg plats igen. Ville jag stanna hemma så fick jag det.

Det var så skönt att hitta fotfästet igen. Underbart att ha Johan vid min sida och hans fina sons omtanke. Bäst av allt var att få lägga mig i sängen igen få en lång och innerlig kram av min son samtidigt som han sade: "Jag älskar dig, det vet du va? Du är en riktig kämpe." Så gav han mig en puss på kinden..."

Acceptans

Nu efter ett och ett halvt år med vetskapen om att hjärtats högerkammare inte längre orkar pumpa med den kraft den skulle behöva har ångest, sorg och rädsla levt sida vid sida med mig. Jag går inte lika länge och låtsas som om dessa känslor inte är en del av mig som jag gjort tidigare i mitt liv men jag har fortfarande svårt att ge de plats. Ibland hittar de vägen fram till mitt medvetande genom helt obegripliga reaktioner på situationer som jag känner mig helt oförmögen att styra som en normal, vuxen och förnuftig person som jag annars faktiskt anser mig vara.

Den som ständigt får möta mig i dessa obegripliga utbrott är Johan. Den som står mig allra närmast, den jag älskar och värderar högst i tillvaron och som alltid finns för mig. Jag önskar verkligen att han slapp detta. Han förtjänar det inte.

Jag försöker ändå se det som ett framsteg att känslorna tar sin plats och att de får en kanal ut ur kroppen och inte stängs in och lagras på hög i flera år som de gjorde i början av min resa som skulle lära mig att sluta gå. Så länge Johan orkar, så länge jag orkar och så länge vi vågar prata, på riktigt, naket och på djupet, vilket Johan är helt fantastiskt bra på, så är jag säker på att vi tillsammans i vår kärlek till livet, varandra och oss själva kommer klara det här. Vi har träffats av en anledning och vi har så mycket kvar att uppleva tillsammans. Snart får vi barnbarn som vi ska lära allt vi kan om fåglarna, naturen, AIK, hockeykort och släktforskning.

Det kommer finnas bra och dåliga dagar men ingen av de varar för evigt, de kommer alltid åtföljas av den andra. Jag försöker tänka på det för att inte fastna för länge i de dåliga. Det skänker lite tröst och ger en gnutta hopp.

I skrivande stund har jag precis klivit upp ur en dålig dag och in i en av förhoppningsvis många bra dagar. Jag kan andas, hjärtat slår lugnt och jag har varit på en skön promenad med min fina, fina Johan, susat iväg i rullen till pizzerian och köpt hem kebab till middag och pratat med båda mina älskade barn i telefon och som en liten bonus även haft ett fint samtal med pappa. Solen har värmt gott och gräset är nyklippt. Kanske kan vi få till en liten fågeltur i veckan? Kanske, kanske inte.

Epilog

Hårslingan, den där grå som i vinden fastnat framför mina ögon, sitter liksom fast i mina ögonfransar. Jag vrider huvudet åt höger och möter min assistents uppmärksamma blick. Hon är redan på väg, har sett de där gråa hårstråna fastna där, sträcker ut sin hjälpande hand och plockar försiktigt bort dem och lägger de till rätta bakom mitt öra. Mina egna armar vilar tunga i mitt knä, oförmögna att följa min tänkta vilja. Trots det sitter jag här i min elrullstol en helt perfekt sommardag på denna fantastiska ö som jag med stolthet och ödmjukhet får kalla mitt hem, Gotland.

Efterord

Texter ur ett blogginlägg, är brottstycken från min blogg som går att hitta på, *majasmuskler.blogg.se* där man kan läsa blogginlägg från juli 2015 och framåt.

Tack till er som har läst min bok om mig och min livsresa så här långt. Jag är tacksam för varje dag jag har här tillsammans med min familj, mina nära och kära. Det jag har gått igenom har lärt mig så obeskrivligt mycket och trots alla tunga omständigheter har jag alltid burit med mig känslan av att det finns en mening med allt.

Maja,
29 juli 2020, Visby